典耀中华

U0721860

# 中国文学大奖获奖作家作品集

## 我愿和你一起飞

裘山山 著

主　编　王子君

副主编　沈俊峰　陈晨

北京时代华文书局

**图书在版编目（CIP）数据**

我愿和你一起飞 / 裘山山著 . -- 北京 : 北京时代华文书局 , 2025. 7. -- ( 中国文学大奖获奖作家作品集 / 王子君主编 ). -- ISBN 978-7-5699-5887-4

Ⅰ . I267

中国国家版本馆 CIP 数据核字第 2025SN3015 号

WO YUAN HE NI YIQI FEI

出 版 人：陈　涛
项目统筹：张彦翔
责任编辑：王　婷
执行编辑：崔楠楠
装帧设计：李　超
责任印制：刘　银

出版发行：北京时代华文书局 http://www.bjsdsj.com.cn
　　　　　北京市东城区安定门外大街 138 号皇城国际大厦 A 座 8 层
　　　　　邮编：100011　电话：010-64263661　64261528
印　　刷：三河市人民印务有限公司
开　　本：710 mm×1000 mm　1/16　　　　成品尺寸：155 mm×220 mm
印　　张：13　　　　　　　　　　　　　　字　　数：184 千字
版　　次：2025 年 7 月第 1 版　　　　　　印　　次：2025 年 7 月第 1 次印刷
定　　价：69.00 元

# 出版说明

　　20世纪八九十年代，茅盾文学奖、鲁迅文学奖、老舍文学奖相继设立，一批批优秀的文学作品通过评奖活动为广大读者所熟知、追捧，在社会上引起强烈的反响，并得以跨越时空流传。这说明，文学的繁荣不仅需要国家政策的大力支持，更需要社会力量的广泛参与。进入21世纪，随着文学创作队伍不断扩容、优秀作品不断涌现、阅读热潮不断兴起，设立的文学奖项也越来越多。虽然多得有令人眼花缭乱之感，但不可否认的是，其中不少奖项已产生了巨大的社会效益，不少优秀作品、优秀作家脱颖而出，这对于中国文学事业的蓬勃发展起到了促进的作用。

　　2023年春，教育部等八部门印发《全国青少年学生读书行动实施方案》。随后，122家国家语言文字推广基地共同发出"典耀中华"主题读书行动倡议。多家具有文化情怀的出版社和出版机构立即响应，相继推出各种适合青少年阅读的图书。就是在这种背景下，"中国文学大奖获奖作家作品集"书系（以下简称"获奖书系"）应运而生。

　　获奖书系由北京世图文轩文化发展有限公司（以下简称"世图文轩"）策划、北京时代华文书局有限公司（以下简称"时代书局"）出版。我非常荣幸地受邀担任主编。

　　世图文轩成立于2010年，系在北京市乃至全国较有影响力的图书发行公司之一，曾获得"重合同守信用企业""诚信经营示范单位"等荣誉称号。长期以来，世图文轩和众多出版社进行合作，获得了合作伙伴的一致好评。而时代书局立足时代，矢志书写时代，为时代的文化产业大改革、大发展、大繁荣做出贡献，是一家有远大梦想、有创新理念、有品牌追求、有精品面市的出版单位。在"典耀中华"主题读书行动倡议中，世图文轩和时代书局决策层敏锐地抓住机遇，迅速策划获奖书系选题，彰显优秀出版人的眼光、魄力与胸怀，以及通过出版优秀作品提高文化市场发展质量的理想。这样两家致力于图书策划、出版的企业，其品牌信誉是毋庸置疑的。

为大众，特别是成长中的青少年读者集中推送一批中国各种散文奖项获奖作家的个人作品集，是一件虽然困难，却功在当代、利在未来的大好事，我能参与其中，深感荣幸，同时一种使命感、责任感以及担当精神也油然而生。

经过反复讨论，我们先选择向茅盾文学奖、鲁迅文学奖、"五个一工程"奖、全国少数民族文学创作骏马奖、中国人口文化奖、冯牧文学奖、冰心散文奖、百花文学奖、丰子恺散文奖、朱自清散文奖、汪曾祺文学奖、中国报人散文奖等 12 种奖项的获奖作家征集书稿。后因个别奖项参与者少，又做了适当的调整。书系规模暂定为 100 部。相对于众多的奖项、庞大的获奖者队伍和现今激增的作家人数，100 部显然太少，但作为一种对获奖作品的梳理、对获奖作家的检阅的尝试，或许可以管中窥豹，从中观察到我国这几十年来散文创作的大致样貌。我们希望此书系今后可以持续出版，力争将更多的有影响力的奖项与获奖者的优秀作品纳入，形成真正的散文大系。

令人特别感动的是，刚开始组稿时，王宗仁、陈慧瑛、徐剑、韩小蕙、王剑冰、蒋子龙等作者就对书系表现出极大的支持和信任，并在第一时间提供了书稿以示鼓励。随着组稿工作的开展，我们发现，众多作家都表现出对这个书系的浓厚兴趣与高度认可，他们对当代散文创作事业的发展前景有着共同的期待与信心。这对我和我的编委团队无疑是一种巨大的鼓舞。

组稿虽然费了不少周折，但总体上比想象中顺利得多。当然，非常遗憾的是，一部分作者的作品由于版权授出等原因，未能加入这个书系。

书系里，名家荟萃，佳作如林。有的，曾代表过一种新的创作范式；有的，曾开启过一种新的创作方向；有的，对某一题材开掘出更深、更独特的思想；有的，有引领某类题材与风格的新面貌；等等。100 部，就是 100 种人生故事、100 种生活态度、100 种阅历见识、100 种思维视角、100 种创作风格。无论是日常生活、人生成长还是哲理思考，我们都跟着作者们去感受、感悟、感怀——由 100 部书稿组成的书系，构成当代散文创作的一个缩影。

要做好这样一个大工程，具体的、烦琐的编辑事务远远超出了我们的预想。但是，我们没有知难而退。我们困于其中，也乐于其中。

在组稿、编辑过程中，我思考一个问题：我们为什么要读书？

每年的 4 月 23 日，是"世界读书日"。据说，每到这一天，会有 100 多个国家举行读书活动，旨在提醒人们重视阅读。我无法用一大段富有理论价值的话语来论断为什么要阅读，但以我个人的阅读感受，我坚信，只要阅读，就一定会有用——在浩瀚无垠的宇宙里，我们不过是一粒粒微尘，但阅读也许能让一粒粒微尘落在坚实的大地上，变成一粒粒微尘般的种子吧。而且，我认为阅读要趁年少。年少时你读过的书，你背诵过的诗歌、散文、格言、小说章节，随着时间的推移，你可能会淡忘，可能很难再复述出它们的具体内容，但其实它们早已对你的人生产生了潜移默化的影响，你从这些书中汲取到的营养，已经融入你的价值观、世界观和你的生活哲学。因此，我们组织的书稿，必须能成为真正可读的、有营养的、有真善美力量的作品，能真正在人心里沉淀下来。

习近平总书记在文艺工作座谈会上讲话时指出："优秀文艺作品反

映着一个国家、一个民族的文化创造能力和水平。吸引、引导、启迪人们必须有好的作品，推动中华文化走出去也必须有好的作品。"我们希望，这个书系能成为读者眼里"有正能量、有感染力，能够温润心灵、启迪心智，传得开、留得下，为人民群众所喜爱"的优秀作品。再过十年、二十年甚至五十年，这套书系依然能够有读者喜欢，有些篇章能经得起岁月的洗礼，真的成为经典。

当然，任何一套书系都做不到十全十美。我在编纂这套书的过程中，最大的感受是，当代散文创作无论是题材、创作方法，还是思想容量、艺术表现力，已真正呈现出百花齐放的态势。我希望读者亦能如我一样，从中感受到散文天地的无垠无际，感受到散文的力量。

在此，特别感谢给予我们信任与支持的作家，特别感谢包括世图文轩、时代书局在内的所有为此书系的成功出版付出了辛勤劳动的团队和师友。

谨以此文代为书系的说明。

2025 年春，于北京

# 目录

# 我的"高考门"

1977 年全国恢复高考时,我刚入伍,在成都军区某通信总站当电话兵。一听到消息,我就去找连长,请求参加高考。那时,部队的战士还可以考地方大学,不过有限制,一个团级单位只有几个名额。我们连长很干脆地拒绝了我的请求。他说:你一个新兵,服役期都没满,过两年再说吧。我就只能老老实实地继续服兵役了。

那个时候我很想上大学,总觉得自己读书太少了。当然也因为父亲是老牌大学生,我就觉得自己也该上大学。可是在此之前,上大学都是推荐的,我完全没机会。一看到可以参加统考了,我兴奋得不行。

到了第 3 年,也就是 1979 年,我再次向领导提出请求。我已经是 3 年的老兵了。最重要的是,战士考大学的年龄限制在 21 岁以下,错过这年我就没戏了。

当时我已经成了部队的新闻报道骨干,正在机关参加培训。我们连队在重庆,而机关在成都。我在机关里忽然听到消息,说当年(1979 年)我们总站有 7 个高考名额,便连忙给连里打电话,问:我是否有可能参加?连里说:还不知道那 7 个名额分到哪儿呢。我一听,觉得问题的关键在总站领导那儿,经过一番思想斗争,决定去找总站领导。

我记得那是个晚上。我打听到我们总站政委的住处后,就一个人壮起胆子找上门去。我敲开门,政委张着一双湿淋淋的手出现在门口,原来他正在洗碗。政委并不认识我，你想我们总站那么多兵，他不可能都认识呀。但我穿着军装，他知道我肯定是他手下的兵。他和蔼地让我进去坐。我的心嘭嘭地跳，腿发软，不敢进去，就站在门口说开了。

"报告政委，我是四营一连长话分队的话务员，叫裴山山，是1977年的兵。我想考大学。听说我们总站今年有7个考大学的名额，能不能给我一个名额，让我去考一次？我太想上大学了，我已经想了两年了。如果今年再不让我考，我就超龄了，我永远都不能上大学了。请政委无论如何帮帮我，给我一次机会吧。如果考不上，我一定继续安心做好本职工作……"

我不敢停下来，一口气说完了，因为只要一停下来我就会失去勇气。

政委愣了一小会儿，大概他还没遇见过这种情况。他回答说："想上大学想读书是好事。但名额的确有限，这样吧，我会建议分一个名额给你们营，剩下的事情就看你怎么争取了。"

我说了声"谢谢"就转身离开了，前后大概就5分钟。

政委说话算话，果然分给我们营一个名额，还是文科。

接下来我开始找营长和教导员。你想：名额好不容易分配到营里了，如果不分给我们连岂不是白搭？教导员和蔼地说："上什么大学呀？光这半年你就上了10篇稿子，势头多好哇，马上就能入党、立功、提干，一连串的好事。你要是上了大学，还得过4年才能提干呢。"营长则干脆地说："我实话告诉你，你考不上的，现在一年比一年难考，应届生都参加了。考不上，你不是瞎耽误工夫吗？还不如直接提干省事儿。"

营里工作做不通，我就找连里。那时我人还在成都，全是通过电话死缠硬磨的。幸好我是电话兵，打起电话来轻车熟路。我先找副指导员，我们副指导员是个女的，人很善良。我说着说着就哽咽了。她连忙安慰我说："我没意见，就怕连长不想让你走，你是业务骨干哪。"

我就直接找连长。我们连长是个不苟言笑的人，在一个女兵一大堆的连队当连长，不严肃不行。

连长不在连部，值班员说他正在集合队伍准备看电影。我赶紧打到连部值班室让人去喊他。连长还以为有什么急事呢，跑步来接电话。我说："连长，你让我考一次嘛，考不上我再也不提这个事了。"连长说："你让我再考虑一下。"我说："你要考虑到什么时候哇，时间都来不及了。"连长说："你是业务骨干又是报道骨干，连里不希望你走。营里也不希望你走。"我说："我不一定能考上啊，考不上我就安心了，再也不提这事了。"连长的语气开始焦急，我能想象当时他一手拿着小凳子，一手拿着电话筒，眼睛瞭着操场上那100多号等着他带队的官兵的样子。他终于说："好吧好吧，我同意你去考。"

连长真是说话算数，他不但同意了，而且还去做了营里的工作。连长是这样和营长说的："我们连已经连续两年没考上一个了，影响士气，她是肯定能考上的，她考上了也好给大家打打气、鼓鼓劲儿。"这是我事后才知道的。我真是非常感谢我们连长，不但帮我争取到了珍贵的机会，还那么信任我，相信我能考上。

等所有关卡都通过，已是6月2日了（这个日期是我从给父母的信里查到的），离高考只有一个多月了。连里同意我就在成都（考场也在成都）复习。我想我必须背水一战了，所有人都知道我闹着要考大学，考不上可太丢人了。

于是我开始起五更睡半夜，发奋用功。我分析了一下自己的情况和计算了一下剩余时间，决定放弃语文和数学，主抓历史、地理、政治这3门。（后来的结果是，语文分最高，数学分最低。）

我一个人住在总站的简易招待所里。那真是简易，屋子的一面墙就是院子的围墙，围墙外面是马路，我住的这间房外面就是汽车站。我常常一边背书，一边听见车站上人来人往和汽车刹车起步的声音。有一天半夜，我听见两个人靠着我房间的墙在说话，那墙很不严实，跟在我屋里说话一样。我又看不进书又不能睡，只好拍拍墙，把他们吓走。

我是怎么勤奋的就不具体说了，总而言之，一个月后我参加了第三次全国高考，考上了，分数还可以，比当年四川文科录取线高出 39 分。可是我还没来得及高兴，一个大麻烦就降临了。

我拿到通知后去体检，路过春熙路，还拐进文具店为自己买了钢笔、本子、文件夹之类的学习用具。我提着这些东西到了医院。前面一切顺利，等到胸部透视时，医生老不让我下来，反复看，时间比别人长许多，这让我感到不安。后来医生把我叫到一边说："你先别走，等会儿拍个片。"

片子显示，我的肺部有阴影，怀疑是浸润性肺结核。医生说："你再到别的医院做个复查吧。如果确定是肺结核，你就不能被录取了。"

我从医院走出来已是下午 5 点多。成都的夏天总是阴郁闷热，那天就是阴沉沉的，好像要下雨的样子。我一个人走在春熙路上，感觉路两边的房子都朝我压下来，我一路流着泪回到招待所，晚饭也没吃，一直发呆。那时我在成都举目无亲，只认识一两个朋友，也没熟到可以哭诉的地步。

晚饭后总站机关放电影，是墨西哥影片《冷酷的心》。我因为不知做什么好，就端了个凳子去看电影，没想到这电影对我产生了很大的影响。电影里有个非常可爱、善良的姑娘叫莫妮卡，她也是得了肺结核，那时没有药，只能到空气好的地方去疗养。但莫妮卡很坚强，不但没哭，还为了不让家人担心，总是装出一副高高兴兴的样子。我当时就想：一个资产阶级小姐都能这么坚强，我还是个革命战士呢，怎么还不如她？她都确诊了，我还是疑似呢，我还有药可医呢。

千真万确，我就是这样想的，而且当即奏效，精神振作了起来。我做出决定：第一，不告诉父母；第二，积极复查，再抓紧治疗。

第二天我去另一家医院复查，片子出来，依然怀疑是肺结核。我怎么也不相信我有肺结核，我跟医生说我什么感觉也没有。医生问我近期是否感冒过，我回想了一下，复习期间的确感冒过，因为没时间去看，拖过去了。医生又问我考了多少分，我说了分数，医生说："考得不错呀，姑娘。"最后他沉吟了一下说："这样吧，我先不给你下结论，你去治，如果半个月内能治好，那就是肺炎；如果治不好，那就真的是肺结核了，你就住院好好治疗吧。"

我很感谢那位医生，我不知道他的名字，只记得是位中年男人。

于是我开始了治疗。我仍住在招待所，每天上午和下午都到我们总站的卫生所去打青链霉素，大剂量地打，打得我走路都一瘸一拐的。一星期后我去做透视，肺部的阴影已大大缩小，这让我信心大增。我又接着打针，并且在有限的经济条件下给自己增加营养，比如早上到街拐角那家小店去喝一杯牛奶。医生说我得肺炎是因为复习期间太累且营养没跟上。我一边打针，一边还往来于省招生办、市招生办和我们军区招生办之间，协商延期体检和复查的事。

到了最后复查那天，我突然没信心了，我不知道我的肺里面到底是怎么回事，我想：万一阴影还在那儿怎么办？我的所有努力都将付诸东流。于是我给当时在成都认识的唯一一个女孩子打了电话，请她帮我个忙，说穿了，就是请她代我去做透视，当"枪手"。她竟一口答应了。两个人都不懂事。

我们两个在招生办指定的复查医院碰面了，一起坐在那儿忐忑不安地等着。体检表上没有照片，只有性别和年龄。她和我一样大，也和我差不多高，冒名顶替应该没问题。但快要轮到我时，医院突然停电了，医生走出来朝我们说："明天再来吧。"但是，第二天那个女孩儿要排练，无法再来了。

回想起来我应该谢谢停电，它让我企图作弊造假的想法流产了，不然即使现在想起来心中也会不安。第二天，我只能抱着听天由命的态度亲自去做透视了。拍完片医院说结果不能告诉我，要直接通知招生办，让我回去等。

我心里没底，就老老实实地坐火车回连队了。这时我已离开连队两个多月了。回到连队后我很低调，谁问我我都说没考好，可能上不成大学了，然后按时值班，按时出操，也照样写稿子。我们连长也替我感到遗憾：考都考上了，怎么会身体出问题？他说我太不爱锻炼了，成天坐着看书。我趁机发牢骚，说是熬夜写稿子造成的。

日子一天天过去，都到9月份了，仍没有消息。我开始考虑下一步了。我想这次若上不成大学，那我肯定是真的得了肺结核（虽然没有任何感觉），那么，第一，我要求住院治疗；第二，我要求年底退伍，我才不提干呢。我要从住院开始就好好复习，回到家还可以让我爸辅导我的数学，还可以多找些资料。一个月我都能上线，复习半年肯定能考上名牌大学。我越想越觉得今年考不上说不定是件好事。因为想好了，我心里一点儿也不急。

这天上班，我转接一个长途电话时，忽然觉得对方的声音很耳熟，我说："你是不是某某干事呀？"他很惊讶，说："是呀，你是谁呀？"我说："我是那个考大学复查身体的裴山山哪。"他说："啊，你怎么还在连里？你不是考上了吗？"我说："考上哪儿了？"他说："川师（四川师范学院）中文系。"我说："怎么没人通知我呀？"他说："我是亲自把通知书交给你们营长的，你去问他。"

一下班我就跑去找营长。我在窗户底下喊，营长住二楼，他打开窗户用河南话说："干啥？"我说："我的录取通知书呢？"他一副早知会有这一天的无奈表情，进去拿了通知书，然后从窗口给我扔了下来。

我满心欢喜，一点儿也不怨他。

我就这样走进了大学校门。

# 小钱大快乐

我一直以为，一个人花钱的气度并不和他挣钱的多少成正比。所谓"能挣也能花"是少数，多数情况是不能挣但能花，或者能挣却舍不得花。比如我，虽说不是富婆，但是和身边的几个朋友比起来，算是收入高的，但我在花钱上的气度比她们小多了，我若是哪天买了件比较贵的衣服，便好些日子都会惴惴不安，像做了错事。不像我的女友，工资到手第一天，就敢买一件相当于半个月工资的衣服、鞋子或包，剩下的日子就在等下个月的工资中度过了。又比如，很多女人情绪低落时，往往以疯狂购物来调节，这招对我也不灵，我要那样情绪只会更糟。所以我总想，自己的前世一定是个穷人，穷怕了，穷习惯了。

这么一想我发现，曾给我带来快乐的钱都是小钱。真的。

第一笔让我开心的钱是1角8分，我自己挣的。那年我12岁，读初一。班上一个女生约我去打牛草，卖给她爸爸的单位。我花了一下午的时间，汗流浃背，且浑身奇痒地打了大半背篓牛草去卖。过完秤，人家把钱递给我时，我不好意思，一把捏住就塞进了口袋里，然后边走边悄悄地用指头去捏。有张一角的纸币，另外几个硬币我只好靠大小判断，最后确定是一个1分、一个2分、一个5分。摸到5分的硬币时，我心中竟涌起一股暖流。回家时路过水果店，看见人们在排队买西瓜。那是20世纪70年代，物资极其匮乏，水果店早已形同虚设，根本没什么东西出售。偶尔想买点儿水果都必须排队。我也跟着去排队，排到我时，只剩下 3 个最小的西瓜了。售货员一下子全称给我，就那么巧，刚好 1 角 8 分。我乐滋滋地拿回家。妈妈和姐姐都喜出望外，西瓜虽小也是西瓜呀，我们已多日没吃过水果了。那天的 3 个小西瓜，每个都很甜，吃得我们母女三人幸福不已。

我的第一笔存款是 5 元钱，也是在初中的时候。我们家那时每个月要烧 200 斤煤球，请人挑的话，100 斤要付给人家 5 角钱。但我妈要我去挑，省钱是一方面，更主要的是为了锻炼我。我妈常说，我们家不能养小姐。

那时，我们住在山城，到处都是坡坡坎坎，路很不好走。我一次挑 50 斤，挑一次我妈给我 1 角钱。当然不能说是工钱，只说是买冰棍儿吃的。我舍不得买，除非天气实在太热。钱都存了下来，加上父亲每星期给我的 3 角零花钱（一个月 1 元 2 角），一个夏天我就存到了 5 元钱。若不是有时嘴馋了买点儿零食，有时眼馋了买几块花手绢儿，我还可以存得更多。

存到 5 元钱时我就沉不住气了，到底是穷人的底子，成天都念叨想买个什么。我妈得知我的想法后，打起了"歪主意"。我妈说，百货商店里有很好看的花布，5 元钱就可以做一件新衣服。我被说动了，跟她去百货商店买花布，做了件新衣服，上了当都不知道，还美滋滋的。一直到成家后我才明白，衣食大事本该由爸妈出资，不该征用小孩子的钱。当然，老妈已为此事专门向我"致歉"了。

我的第二笔存款就多了，60 元。那时我已经当兵了，每个月津贴 7 元 7 角 5 分。需要说明的是，7 角 5 分是女兵的卫生费，同年的男兵就只有 7 元。指导员上政治课时动员我们勤俭过日子，让每个月存 5 元钱。我很听话，每个月在司务处存 5 元钱，之后一个月剩下不到 3 元钱，日子过得紧巴巴的。到了年底，从司务处一下领到 60 元钱，真觉得发了大财。我拿着钱，跑到军人服务社，给爸爸买了两瓶茅台酒，当时茅台酒9元钱一瓶；给妈妈买了两瓶花生酱，妈妈喜欢吃花生；给姐姐买了件的确良衬衣，十一二元；剩下的给自己买了台半导体收音机。我觉得自己就像个富翁，很开心。

再说说我的第一次旅游，也是小钱带来的快乐。1979年我考进大学，依然拿部队的津贴，一个月10元钱。因为要买书什么的，不够花，每个月都得从伙食费里扣一点儿出来聊作弥补。有一年春天，我们3个女生相约去卧龙玩。3个人都是穷光蛋，就各自找了几件旧衣裤去附近的村子里卖。也没卖多少钱，七八元钱吧，又去扣了点伙食费，凑了20多元钱，加上另外3个男生也凑了些钱，总计不超过50元钱，交给我保管。一路上我们能搭便车就搭便车，能吃素面就吃素面，能睡车站就睡车站。6个人用这40多元钱玩了整整5天。到卧龙后，我们还假装做社会调查，吃了公家的饭。这应该是很早的"自助游"了。

结束时，我把每个人坐公共汽车回校的钱一一分给大家后，就剩1分钱。我一扬手，将那1分钱扔进了锦江，然后身无分文却开心不已地回到了学校。

第二次旅游是我妈赞助的。放暑假前我收到我妈的信，信里竟然夹了50元钱，说为了奖励我，让我这个暑假先到北京去玩几天再回杭州。这把我高兴的，当时就跳了起来。那时我们家正处于"春秋战国时期"，四分五裂的，我爸在长沙，我妈在杭州，我姐在西安，我在成都。每次放假，我们都要商量半天怎么集中。

我以这50元钱为基础，扣了点儿伙食费，用一个北方的同学的学生证买了张半价票，就去了北京。在北京期间，我表弟提供住宿——他在国际关系学院读书，给我找了间女生宿舍。我每天坐公共汽车出游，去了颐和园、圆明园、八达岭长城、北海公园、香山，还有王府井，差不多北京有名的地方我全去了，最后还留下了回杭州的车票的钱。可以说那次是我在北京玩得最开心的一次。

说到钱带给我的快乐，肯定要说到稿费。我现在差不多是个靠稿费谋生的人了。我拿到第一笔稿费时 20 岁，当时还在连队当兵。我在《解放军文艺》上发表了一篇散文，稿费 7 元。那是我第一次拿到津贴以外的钱，属"意外之财"，不知如何是好。大概从小家教严格的缘故，我已学得很乖巧，便主动拿着这 7 元钱去书店买了书，捐给了连队。7 元钱竟然买了十几本书，当然是按自己的喜好全买的小说之类的。连里的战友也很高兴，以至于后来连里的战友一看到书店来了新书就通知我，等着我再去买书。

拿到第一笔"大稿费"时，我已经结婚了。那是一笔中篇小说的稿费，400 多元。我用它给爸爸妈妈买了张沙发，150 元；给公公婆婆一人买了一床狗皮褥子，160 元；还买了许多零碎儿。我买一样，就在那个装稿费的信封上写一样，后来信封上密密麻麻的，可见买了不少东西，着实过了一把花钱的瘾。

我此生的第一笔高消费，是买电脑，那是在 1991 年。当时我只有 2000 元存款，我卖了自己的金项链，得了 800 元，然后一举花费 2800 元买了台电脑，放在床头柜上，开始了我的电脑写作生涯。这是我很引以为傲的一次花钱记录。以后的日子，我依然过得很节俭，或者说更节俭了。

至今我也没体会过花大钱的快乐，所谓一掷千金，所谓挥金如土，所谓花钱如流水，到底是什么感觉，我无法体会。我也有几个很有钱的朋友，比如那种经常出国旅游要坐头等舱的、那种每周要去香港洗脸的、那种花几万块钱定一个选美比赛的前排的座位的……从他们的表情看，他们是自得的、自负的，但他们很少说到"快乐"这个词。他们会说很痛快，痛并快乐着。实事求是地说，我永远也不想体会那种感觉，我估计我会受不了。我一定是，痛并不安着。

我肯定不鄙视钱。我只希望钱能带给我真正的快乐，那种良心安宁的前提下的快乐。

# 多 年 以 后

　　近日去一位老友家做客，在聊到数十次进藏采访时，老友忽然说起一个我们都熟悉的领导。他说那个人真好，厚道。我心下暗暗诧异，因为我对那人印象可不好，感觉是个没啥能力，只会说套话的人。老友回忆，20 世纪 90 年代他们去西藏的边关拍一部大型纪录片，路很不好很危险，保障他们的吉普车一路走一路坏，好几次险些出车祸。他抱着试试看的心情，打电话给那位领导，他和领导也就见过一面。不想领导听了后马上说："用我的车保障你们，你们的安全很重要。"说罢，领导立即下令把自己的丰田牌越野车派给了摄制组。老友说他们当时惊喜不已，非常感动。

　　那我为什么对他印象不好呢？话说也是下部队采访，我在某个演习场地遇到他，一见面他就叫错我的名字，把我叫成"裘山山"，而且当有人婉转提示是裘山山时，他居然很自负地摆手说："裘山山我还能不认识吗？"我很尴尬，也不便当众纠正，心里却留下了这人没文化的印象。后来我又听人说，他的儿子本来不咋样，靠着他提拔得很快。这下，我对他的坏印象就坐实了。

　　可是面对老友的感慨，我不好意思再吐槽。作为一个经常去西藏采访的人，我知道那路有多险，更知道一辆好车有多重要。他能立即把自己的车借给摄制组，说明他的确是个厚道之人。他原本可以打个官腔，让其他人去处理。而且老友还说，其他下属也反映说，他是个经常帮下面解决困难的领导。

由此可见，人绝不是单一的好或单一的不好，只是由于我们不能即时获得完整的信息，便容易做出不全面的判断，甚至以偏概全。也许，时间才是修正我们眼光的精密仪器。这样的经验，我估计每个人都有：多年以后，发现某个人并不像自己想的那么坏，或者，并不像自己想的那么好，甚至因为曾粗暴地对待过某个人而心生愧疚。

记得是我 30 出头那年，当时孩子小，工作任务重，过得很辛苦。有一天黄昏，我从幼儿园接回孩子，忙着做饭。正炒菜的时候，来了一对中年夫妻。他们说是经朋友的朋友介绍来找我的，我只好关了火请他们进屋坐。原来，他们的儿子马上要从军校毕业了，他们想托我帮他们把儿子分到成都，不要去偏远的部队。我一口回绝，我说我没这个能力。这是实话，同时以我当时非黑即白的性格，很厌恶这样的事。我说既然考了军校，就应该有吃苦的思想准备，去部队锻炼一下没什么不好。我一边说一边开始烦躁，锅里是炒了一半的菜，地上是正在玩水的儿子，心里真恨不得他们马上离开。可他们就是不走，反反复复说着那几句话，儿子身体不好，受不了太艰苦的生活……请你帮帮忙。我看不松口他们是不会走的，只好说我去问问。他们两个马上眉开眼笑，立即从地上拿起旅行袋往外拿东西，仿佛交定金一般。我一下就火了，估计脸都涨红了，大声说："不要这样。"可是大妈把我按在沙发上，大叔往外拿东西，我完全没有办法。其实，就是两瓶白酒、七八个砀山梨。他们走后，一个梨从茶几上滚了下来，我满腔怒火，上去就是一脚，把梨踢得粉碎。我儿子吓得哭了起来。故事还没完。第二天，我去服务社看了下酒的价钱，然后按他们留下的地址写了封信，"义正词严"地说我是不会帮这个忙的，也希望他们的儿子勇敢一点儿，不要再让父母出面做这样的事，然后把信连同钱一起寄了出去。

过了这么多年，想起这件事，我真的是心生愧疚。不是说我当时应该帮忙，而是我的态度，我太不体恤他们了，那么生硬、轻蔑。我至少应该安抚他们一下，多给他们一些笑容。他们很可能是下了很大的决心才来的，从很远的郊区坐公共汽车赶过来，东问西问问到我的家，拎着那么重的东西，厚着老脸来求一个年轻人。可我却"义正词严"地拒绝了他们。我对20多年前那个"义正词严"的自己，实在是太不喜欢了。

为什么要过这么多年，我才能明白？

若干年前的秋天，我应邀去一个小城采风。采风结束时，主人家让大家留下"墨宝"，我连忙闪开。作为一个毛笔字写得很不好的人，遇到这种场合除了逃跑别无他法。可是，那位负责接待的先生，却三番五次来动员我，我一再说我不会写毛笔字，他就是不信。也许是我的钢笔字误导了他，我给他送书时写的那几个字，让他误以为我的字不错。他说："你现在不愿写，那就回去写了寄给我。"我以为是个台阶，连忙顺势而下，说："好的好的。"

哪知回到成都，他又是写信又是发短信，一再催问我写了没有。看来他不是客套，是真的想要我的字。我看实在是躲不过了，就找出笔墨试着写了几个字，但写得真的不成样子。可他继续动员："我们就是想做个纪念，你随便写几个字吧，写什么都行。"我便临时抱佛脚，练了三五天，然后找我们创作室的书法家要了两张好纸，并问清了应该怎样落款怎样盖章，总算勉强完成了任务，寄了出去。过了10天，他发来短信问我：寄出了吗？我说：寄出了呀，寄出好多天了。他说：怎么还没收到呢？又过了一周，他告诉我还是没收到。我说：也许是寄丢了吧？他说：那太可惜了。好在，他没再让我写了。

好多年过去了，去年的某一天，我忽然想认真地学写一下毛笔字，就找了个教学视频来看，一看才知道，我当初写的哪里是毛笔字，完全没有章法，就是在用毛笔写钢笔字。于是我忽然明白：那年我寄去的

"墨宝"肯定没丢，他肯定收到了，只是打开一看，出乎他的预料，根本拿不出手，为了维护我的面子，他只好说丢了。虽然我没去跟他确认，但心里已确定是丢了。

生活中藏满了秘密，而答案，往往挂在我们去往未来的树上，你不走到那一天，就无法看到。

再说个长点儿的故事吧。

1983 年夏天，一个 17 岁的女孩跑到我刚刚就职的教导队来找我，告诉我她考上大学了。她是我大学实习时教过的学生，但我只教过她 40天。1982 年秋天，我到县里的一所中学实习，教高二。我当时 24 岁，说一口普通话，充满了 20 世纪 80 年代大学生的热情和浪漫。比如我会利用晚自习给全班学生朗读海伦·凯勒的《假如给我三天光明》，希望他们珍惜生命、珍惜青春；还比如晚自习时，我发现教室外的晚霞非常美丽，就让所有的同学走出去，站在长廊上看晚霞，直到晚霞消失，然后让他们就此写一篇作文。我还以自己的经历告诉他们，一定要努力考上大学，一定要走出家乡去看看外面的世界。我的这些做派很对高中生的胃口，学生们因此都喜欢我。特别是有几个女生，总围着我转，一下课就寸步不离地跟着我。

这个考上大学的女孩，就是其中一个。

她后来告诉我，当时我看她穿了一身很破旧的衣服，非常着急，问她："你就穿这个去上大学吗？"她说她只有这身衣服，家里 4 个孩子，父母务农，生活很困难。我便把她带回家，从自己不多的衣服里找了几件给她，有牛仔裤、衬衣、T 恤，好像还有件毛衣。因为她个子比我略矮，这几件衣服她都能穿。

这件事我完全忘了，只记得她来看过我。20 多年后的某一天，她突然打电话找到了我，她在电话里激动得语无伦次："裴老师，我好想你呀，我一直在找你。裴老师，你知道吗？我上大学时你送我的那几件衣服我一直穿到毕业。后来我们家情况好些了，我就把你送的衣服洗干净包起来，放在柜子里。每次搬家我妈妈都要说：这是裘老师送你的衣服，不能丢。我们搬了5次家，这包旧衣服还在我们家柜子里……"

接到这样的电话，对我来说不啻领到了上天的奖赏。

而这个当年的小姑娘，如今已成为高中数学老师，仍在源源不断地回馈着我：她把亲手剥的花生米寄给我；她把亲手灌的香肠、做的腊肉寄给我；她把亲手绣的十字绣寄给我。无论我怎么劝说，都拦不住她做这些事。

最让我感动的是2013年元旦，当时我正经历着一生中最寒冷的日子：父亲罹患重症，母亲身体也不好，一个在医院，一个在家。由于每日来回奔波，天气寒冷，我也病倒了，发烧，头痛。晚上躺在母亲身边，我一边安抚母亲，一边忍受着感冒的折磨，心情实在是阴冷到了极点。

忽然叮咚一声，我接到了一条短信："裘老师，偌大的地球上能和您相遇，真的不容易。感谢上天让我们相识于1982年。您让一个从未奢望上大学的穷孩子有了上大学的梦，并最终实现了这个梦想。从此她的家有了前所未有的改变，她的弟弟妹妹也努力学习，一家4个娃都上了大学。他们的父母几乎是一字不识，这是一个奇迹。感谢您，裘老师！元旦来临，祝您身体健康，家庭幸福。您的学生罗花容。"

我的眼泪瞬间涌出眼眶。我知道她并不了解我当时的情况，她只是在表达她的感情。而在那一刻，这份感情之于我，实在是太重要了，是寒冷的冬夜里最温暖的一束火光，让我的心重新热起来，亮起来。我忽然明白，原来30年前20多岁的我，给30年后50多岁的我，留下了一根火柴。

很多感情和心境，我们总要在多年以后才能体会。有的，或许已转化成生活的礼物；有的，则铸成一生的遗憾。

　　今年一月里的某一天，阳光明媚，气温却很低。我参加完军区部队的转隶交接仪式，一个人穿过操场，走向办公大楼。四周很安静，我知道这安静里正孕育着风云，中国军队将面临全新的格局，我们充满期待。但一个有着61年历史的军区也将因此消失。而我，在这个军区里整整服役了40年的老兵，也将面临离开。那种心情，真无法诉说。

　　我一个人走着，忽然想起了父亲，父亲是在1982年中国军队第七次大裁军中离开部队的：他所属的铁道兵部队被成建制地撤销了，他因此提前离休脱下了军装。那个时候父亲曾无限感慨地对我说："我读的北洋大学没有了，我当了一辈子的铁道兵部队也没有了。今后我都没有老部队可回了。"而我，只是随口安慰了他一句："提前退休不是更好吗？辛苦了一辈子，正好早点儿休息。"

　　30年后的今天，我忽然明白了父亲当时的心情。因为我此刻的境遇与父亲完全相同，而我此刻的年龄也与父亲当时的年龄完全相同。即使到了今天，我也没想出更熨帖的话来安慰父亲，我仍为自己当初的漫不经心感到内疚。

　　等我今天明白时，早已物是人非。对于已经去了另一个世界的父亲，我还能说什么呢？人生的很多遗憾，就是这样留下来的吧。这些日子我反复在想，我当时到底该怎样安慰父亲呢？老实说，将心比心，此时说什么安慰的话都不能让他好受一些。也许，当父亲发出那样的感慨时，我最应该做的，就是陪着他一起沉默。

　　因为多年以后我才明白，很多感情，难以言说。

　　也许人生就是一个不断失落和释然的过程。那些失落和伤怀，让我们更能理解他人；而那些释然和感动，则让我们活得更加开阔。

2016年2月于成都正好花园

# 话　剧　缘

　　我看的第一部话剧，是高行健的《绝对信号》，是在大学校园里看的，省人艺（四川人民艺术剧院）到我们学校演出，就在饭堂里搭台演戏，是小剧场戏。剧情我早已忘了，只记得心情很激动，是站在板凳上观看的，看完后还久久不愿离去。那些演员在拆卸道具，胆大一些的学生上前去和他们说话，我就跟着旁听，傻乎乎得反常，不知道自己究竟想做什么，只是觉得激动得无法回寝室去睡觉。

　　那是 20 世纪 80 年代初，文艺复苏，继而兴盛，大学里到处都是文学青年、文学社团。我也常常逃了课去参加文学活动。有个周末我进城，看到一个剧院在演话剧，我马上就买票去看。那话剧的名字叫《血，总是热的》，是工厂的戏。我也看得很激动。其实那时的话剧政治味道很浓，说教多过艺术，但毕竟是舞台戏呀，让我很着迷，每次都看得热血沸腾，充满了表达的欲望。

　　有时想想挺奇怪的，我很讨厌矫揉造作的东西，在大家眼里我也是个纯粹的人，写的作品历来朴实本分，不玩花样。可为什么会喜欢话剧那种拿腔拿调的说话方式呢？是不是缺什么补什么呀？

　　或许，在歌剧、舞剧、话剧等戏剧中，话剧与我最接近。我不善舞蹈，不能高歌，不会唱戏，但话还是会说的。再或许，喜欢什么事物跟喜欢什么人一样，是说不清道不明的。总之话剧与我心里的某个点契合

17

了，它能燃起我的热情。

没想到不久之后，我就参加了话剧演出。

大学毕业前，我们年级的同学准备排一场话剧来纪念我们即将结束的大学生活，就选了一个发表在《收获》杂志上的剧本：《这里不远是圆明园》。写大学生活的故事，由学生导、学生演。

"导演"在挑选演员时，竟然把我给挑上了，一个重要的原因是，我的普通话标准。我连忙推辞，一想到要站在舞台上面对大众，手脚都不知往哪儿放。虽然我喜欢话剧，但我喜欢的是看而不是演。我还记得我对"导演"说："如果是广播剧我肯定参加。我从来没在舞台上表演过，连那种业余演出都没参加过。"但"导演"说："实在找不出人了，你知道我们的绝大多数同学都是四川人，不是'四'和'十'不分，就是'南'和'兰'不分，或者'飞'和'灰'不分。虽然我们都是中文系的，都将成为语文老师，但生就的舌头很难控制。"

我推却不过，只好硬着头皮上了。我出演的是女二号，一个性格古怪的大龄女生，还是班长，名叫封虹。我就努力去揣摩一个所谓老姑娘的心态，自己设计一些动作，设计一些语气和神情。一开始上台时我总是犯傻，不是紧张得忘词就是被别人逗笑。后来慢慢适应了，能跟上大家的节奏了。那段时间我忙得走路都用跑的，一方面我在赶着写论文，要跑图书馆查资料，找老师；一方面我还得排练。不过这样一来倒是充实了，再也没时间多愁善感了。

排演到一半时，导演请来省人艺的著名演员高老师为我们做艺术指导。高老师看了我们的排练后，特意问"导演"：那个演封虹的同学叫什么名字？"导演"回答了。高老师说："她很不错，有潜力。"

我惊呆了，大家也都惊呆了。高老师接下来说：在戏剧表演上有两个体系，一个是斯坦尼斯拉夫斯基体系，主张体验；一个是布莱希特体系，主张表现。这位同学属于后者，其他同学多为前者。虽然各有千秋，但我个人还是更欣赏布氏的表现形式。

原来是这样！怪不得我的一位女同学每次排练都声泪俱下，排练完了心情久久不能平复。我当时还很羡慕她，心想她怎么说难过就能难过，说掉泪就能掉泪呢，真像个演员哪。我怎么就不能这么投入进去呢？搞了半天我和她不属于一个体系呀。"体系"这个词儿如此专业，让我一下子感觉自己好厉害。

我竟然受到了一位专业话剧演员的褒奖，满腔的喜悦无处表达，就给爹妈写信，大言不惭地在信上说："啊，一颗艺术新星在狮子山冉冉升起（我们学校所在地叫狮子山）……"

遗憾的是，这颗"新星"有个很大的缺陷，就是嗓门儿太小，用行话说就是音域太窄。排练时这缺点还看不出来，正式演出就不行了，无论我怎么努力，后排都听不见我的声音。那时又没什么好的音响设备，全靠自己喊，一喊就走样了，比如我演那老姑娘，断是不会喊着说话的。就因为这小细嗓子，葬送了我的艺术生涯。管你是斯氏还是布氏，先得有个好嗓子。

接下来又发生了更惨重的"悲剧"：我们正式演出时，负责给我们拍照的同学，竟然没打开镜头盖，在那儿上蹿下跳咔嚓了一晚上，弄了一卷儿废品，一幅剧照都没留下，令所有演职人员痛心疾首。于是当我回忆这段往事时，只有记忆，没有图像，几乎无法证明我曾经在舞台上演出过，无法证明我也曾经涉足艺术领域。

后来，我毕业了，踏入社会。用我在小说里写过的一句话来形容："我们的生活从抒情转入了叙事。"其实岂止是叙事，简直是夹叙夹议，牢骚满腹，哪还有心情看话剧？一个个都在疲于应付自己生活中的角色，无论音域高低，都在努力地说着自己的台词。那期间，我只好找话剧剧本来看，曹禺的、老舍的、契诃夫的，还有尤金·奥尼尔的，过过瘾。但那和看话剧，完全是两回事。

一直到 20 世纪 90 年代，我才又开始有机会看话剧。凡到成都来演出的话剧，我都赶去看了。但成都毕竟是成都，比不上京沪，看话剧的机会很少。我只能利用出差的机会去北京看。去北京前我总是先打电话问朋友，这期间是否有话剧上演，若有，出差的积极性顿时高涨。这样努力了多年，我大概在北京看了 10 多场话剧。

有一次我打算看空政话剧团的《这里的黎明静悄悄》，拿到票后，我却病了，一个人在宾馆上吐下泻，很是狼狈。早上醒来嘴巴苦得像中药罐子，身上一丝力气也没有。我只好打电话给同学，叫她买了药过来看我。到下午我感觉好一点儿了，就跟同学说，我还是想去看。同学拗不过我，说："咱们到那儿看情况，如果不行就退票，如果能坚持就看。"等我们打车到了王府井，我根本就不想退票，跑进商场买了件大衣穿上后，就冲进剧场去了。我是胃肠型感冒，还在发烧。但我就这么带病坚持着把话剧看完了。至今我还记得话剧的女主角是肖雄。

举这个事例，是想进一步证明我对话剧的热爱。这样的事例还有很多，就不一一列举了。这又不是什么助人为乐的好事，完全是为了满足自己的需求哇。

我曾经说，我的创作理想之一，就是写一部话剧。但这个理想至今没有实现，甚至都没有列入规划。因为我没有信心。我知道话剧很难写，不是我等平常人能拿下的，它需要天分。我就只能退而求其次，指望我的作品能搬上话剧舞台。好歹，这一打折的理想已经实现了。

由我的小说《我在天堂等你》改编的话剧，已经在北京的话剧舞台上活跃多年，获得了多项大奖，似乎所有的话剧奖和戏剧奖都拿到了，影响甚大。当初改编方与我商谈时，我为了表达对话剧的热爱，或者说支持话剧事业，当即表示无偿转让，一分版权费也不要。最近，又有人表示想将我的另一部长篇小说改编为话剧，我仍表示愿意免费转让，只要他们首演的时候请我去看就行了。

今年是中国话剧诞生一百周年，各地都举办了很多纪念活动，话剧舞台一时显得非常活跃。我年初回杭州，杭州也在举办"向话剧致敬"的活动，我姐姐知道我喜欢看话剧，弄了三场的票。可惜因为种种原因，我只看了其中一场，是引进的外国剧《上帝负责》，由青年学生排演。我还是很愉快的，毕竟这是我第一次在家乡看话剧。其实到现在为止，我仍对话剧理论一窍不通，甚至都说不出有哪些话剧大师、有多少经典话剧剧目。可这并不妨碍我的热爱，感性的、女性的热爱。

最后，我想以一种独特的方式来纪念中国话剧百年：我将把我从大学时代至今这20多年来所看的话剧一一列出。它们是：《绝对信号》《血，总是热的》《于无声处》《这里不远是圆明园》《茶馆》《雷雨》《日出》《贵妇还乡》《推销员之死》《萨勒姆的女巫》《这里的黎明静悄悄》《切·格瓦拉》《风月无边》《赵氏孤儿》《金大班的最后一夜》《我在天堂等你》《暗恋桃花源》《上帝负责》。

肯定还不止这些，我一时想不起了。大略算了一下，包括重复观看的，加上遗忘的，平均一年有一部吧。

谨以此，向从事话剧事业的人们，致以我最诚挚的敬意和最衷心的感谢。有了你们，才有我这一生的热爱，和热爱的幸福。

**2007 年 3 月于成都北较场**

# "颜值" 这回事

最近整理家书，在一封大学时期写给父亲的信里，我看到了自己对容貌的自卑。信是这样写的。

> 我的照片可能没有姐姐的好，因为被照的对象质量差。我从来没有对自己的照片有过自豪感，甚至在与旁人的对比中，还会有一种小小的悲哀。女孩子总是想美一些的，但上帝已造就了我这副样子，并且连这副样子也难保持长久。当然，我是无怨言的，我相信命运。爸爸，我是有宿命思想的。

这封信写于1982年，当年我24岁，读大三。

也就是说，我在24岁的时候，依然为自己的容貌而自卑。用现在的话来说，就是觉得自己的"颜值"太低。其实那个时候，我也算"名花有主"了，也不乏"主"之外的追求者。但我依然认定自己长得难看，并且还由容貌谈到了宿命，可见思想包袱之重。

我对容貌的自卑始于少女时代。小时候妈妈带我和姐姐外出，一给人家介绍，这是我大女儿，人家马上就说，好可爱，真漂亮。但一介绍我，这是我小女儿，人家只会说，嗯，挺文静的。

"文静"这个词，婉转地表达了不好看的意思。我那时虽然只有六七岁，也是明白的，但照样爬墙、上树，满世界疯耍，连"文静"这个词也索性不要了。等到了中学开始在意容貌了，却越发难看。十三四岁应该是女孩子一生中"颜值"最低的时期，而我当时又黄又瘦又青涩，更加不堪，加上小时候的疯劲儿也没有了，就一瘪塌塌的黄毛丫头。

因为自卑，见了人没一点儿笑容，总是紧紧抿着嘴唇。不好看的人不笑就加倍地不好看，也因为自卑，拍照时特别紧张，老是闭眼，不好看的人闭眼就加倍地不好看。所以当父亲写信告诉我，我们家的合影已经取回时，我马上就心虚地说，我拍的肯定没有姐姐的好看（事实也是如此）。

父亲收到我的这封信时，肯定是好好安慰了我一番，我不记得具体内容了，只记得他用了苏轼那句著名的诗来激励我：腹有诗书气自华。

你别说，这句诗对我还挺管用的。我单纯地想，对呀，我不好看就更要好好读书了，书读多了气质就会变好。于是我用这句诗作题目写了一篇随笔，中心思想是：女孩子长得丑更要好好读书。

父亲还给我讲过苏小妹的故事，说苏轼有个妹妹长得不好看，额头凸，眼睛凹。苏轼就拿她调侃，作诗一首："未出堂前三五步，额头先到画堂前。几回拭泪深难到，留得汪汪两道泉。"苏小妹虽然不好看，人却极为聪明，当即赋诗回敬哥哥："一丛哀草出唇间，须发连鬓耳杳然。口角几回无觅处，忽闻毛里有声传。"写完感觉不过瘾，再端详哥哥，发现他长了一张马脸，且眼距很宽，五官不成比例，于是再作一诗："天平地阔路三千，遥望双眉云汉间。去年一滴相思泪，至今未流到腮边。"最后这两句，估计是对马脸最别致的描写了。

老实说，这个故事让我觉得，苏小妹的才气比西施的"颜值"更让我心生羡慕。

当然，父亲给我讲这个故事的时候只是觉得有趣，并不是针对我，我自忖还没到那个程度。但这个故事还是潜移默化地影响了我，让我觉得相比相貌，还是聪明更重要。我们邻居有个漂亮女孩儿，成绩不太好，母亲说到她时用了一句俗语，"聪明面孔笨肚肠"。我暗想，那我宁可笨面孔，也不要笨肚肠。

母亲是不会认为自己的孩子是难看的。所以母亲总是感性地、直截了当地鼓励我。我给她看我和女同学的合影，羡慕地说："她长得真好看。"母亲看了一眼说："她哪有你好看？五官都挤到一起了，你看你长得多舒展。"我这才知道，一张脸上五官的布局也很重要。还有一次我说："某人的眼睛好大呀，还是双眼皮呢。"母亲就说："鼻子那么塌，眼大有什么用？"我这才知道，原来鼻子对长相也有重要贡献。

斗胆地说，我的母亲也不算漂亮，属清秀型。有一天她下班回来和我说："哎呀，今天我在公共汽车上见到一个女人，长得太难看了。真的，我当即就在心里感谢我妈妈，没把我生得那么难看，把我生得普普通通的。"母亲手抚胸口，一副很庆幸的样子。我被母亲逗乐了。还真是，比起那些长相有缺陷的人，长得普普通通已经是很幸运的事了。毕竟高"颜值"属于金勺子，含着金勺子出生的人不多。之后，我也时常在心里感谢我的母亲，把我生得普普通通的。

后来看书，我才知中国历史上有很厉害的七大丑女。排第一的就是我华夏祖先黄帝的妻子嫫母，黄帝竟然利用她的相貌来驱邪！尽管是传说，也是够励志的。后头跟着的几个丑女，也都是君王之妻或名士之妻，让人觉得古人或者说古代的男人更看重心灵美，因为这几个丑女都是德才兼备的。比如齐宣王之妻钟离春，额头前突，双眼下凹，鼻孔向上翻翘（俗称"猪鼻孔"），头发稀疏干黄，骨节粗大，颈部的喉结比男人的还要大，40岁了都没嫁出去。但她饱读诗书，志向远大，还敢于向齐宣王进言，说他第一不重视人才，第二不虚心采纳他人意见，第三沉湎于女色，第四超标建设楼堂馆所。齐宣王也了不起，居然接受了批评，为表示痛改前非，让这丑女子做了皇后。真是稀少的官场婚姻双重佳话。再说一个，东晋名士许允，进洞房一看到新娘子阮氏那么丑，转身就要跑，被阮氏一把拽住。许允挣扎说："妇有'四德'（妇德、妇言、妇容、妇功），你不合标准哪。"阮氏说："读书人有百行，百行德为首，你好色不好德，也不合标准哪。"许允被她说得哑口无言，心生敬意，不但与她完婚，而且两人一辈子相敬如宾。最后再说说诸葛亮之妻黄月英，据传这位黄女士也是生得又黑又小，一头黄发，样貌猥琐（这个词真把她黑得好惨）。但她不仅能诗善文，勤劳持家，还有军事才干，据传诸葛亮行军作战的利器"木牛流马""连弩"等都是她教他的（本人不负责考证）。而且据说黄女士还研制出避瘴气用的"诸葛行军散""卧龙丹"等药，强有力地助其夫君成就了一番伟业。

在翻阅这些著名丑女的事迹时，我发现了两个现象：第一，那个时候的丑女都很聪明，是不是她们在进化过程中先进化了大脑，五官进化滞后了呢？第二，七大丑女都是南北朝之前的，之后没再出现过著名的丑女了。是女人们好看起来了，还是丑女们的智商降低了？或者，是男人们不再看重心灵美了？（史书都是男人写的呀）

有七大丑女还有四大美女（显然美女入选更严格）。虽然四大美女也都不笨，至少情商不低，但学识、才华什么的，都赶不上前面的七大丑女。最要命的是，美女们（四大美女之外还有好多）至今都背着红颜祸水的骂名，人们经常会把失败倒霉的事儿赖到她们头上。

如此，我越来越觉得，没必要做美女（好像有得选似的）。对自己的容貌，我逐渐变得心安理得起来。

但是，偶尔我还是会受刺激。当年男朋友追我的时候，也有其他女孩子在追他。我就问他："你为什么不答应某某某？或者某某某？在我眼里，她们都比我'颜值'高。"男友居然说："我奶奶说，不要找太漂亮的女孩子当老婆。"我当即嗔怪道："你的意思是我难看了？"他连忙说："不是的，不是的，你也好看。"但此话已落下口实，成为后来无数次吵架时我的常规武器。其实我心里明白，是我自己有潜在的自卑。

之后我写了一篇短篇小说《穿过那片树林》，主人公苏铁就是一个丑女子，但是她倔强努力，不肯认输。大体上，是在写我自己。可见我当时的自我认知。

大学毕业后我被分到教导队教书。我们教导队有 6 位女教官，个个英姿飒爽。有一次吃饭，我就依次夸她们，某某某，你的皮肤太好了，玉脂一样；某某某，你的丹凤眼好迷人；某某某，你的身材真是窈窕动人；某某某，你的欧式鼻子真洋气；某某某，你的樱桃小嘴好可爱。

她们全都乐了，然后一起问："那你呢？""我？"我愣了一下，想了想回答说："我嘛，一样都不出色，但总体还算和谐。"那是我第一次对自己的长相做了鉴定。

婚后有了孩子，更顾不上自己的容貌了，加上人在部队，军装是日常服装，所以从来没在化妆和时装上投入过太多的精力和钱财。偶尔穿件新衣服或换个新发型，一照镜子，又泄气了，感觉怎么都不对，遂不再去想它。

也不知从什么时候开始，我竟然被人夸奖了。外出开会或者参加笔会，总会遇到几个夸我好看的人，有男有女。记得有一次遇到一位比我年长的女作家，她竟然说："你这么好看，能安心在家写作吗？"我心里既高兴又困惑，就回家问先生："他们都说我好看，我是真的好看呢，还是他们哄我高兴呢？"先生打量了我一下说："中年妇女嘛，气质好就可以了。"

这，真的实现了"腹有诗书气自华"吗？

后来就有了"美女作家"一说，老实说，我特别不喜欢。有几年很流行，外出被人介绍是作家时，对方马上跟拜年似的来一句，美女作家呀。我真觉得闹心，因为这顶帽子对我来说死沉死沉，感觉自己瞬间矮了几分。当场扔回去吧，拂了人家的好意；不扔吧，只能佝偻着身子。

相比之下，我还是更喜欢另一个说法，中等美女。据说还有一首同名歌。我一听到这个就对号入座了，坐得极为踏实。尽管人家说"中等美女"是带有安慰性质的提法，就好像说笨人很厚道一样，但我还是极为认可。

"中等美女"有太多好处了。第一，毕竟中等，不至于太自卑而多作怪（丑女多作怪）；第二，毕竟中等，不需要在容貌上花太多时间和钞票；第三，毕竟中等，没那么多人围观打赏（以至于浮躁）；第四，毕竟中等，不会为红颜易老、美人迟暮而伤感。咱中等美女，老了无非就是更慈祥嘛。

其实在我看来，"颜值"这回事，就看你怎么想，你完全可以把它拓宽来想。我认识一个女人，长相一般，但声音特别好听，迷倒不少人。由此我想，假若你相貌一般，但你的谈吐优雅"颜值"高，你写的字"颜值"高，你的歌声"颜值"高，你穿衣有品位，你举止得体，你健健康康充满活力，你开朗乐观喜欢大笑，那你就是一个美丽的女人。人生何处无"颜值"？

**写于 2017 年妇女节**

# 人不可貌相

　　写小说写久了，养成了一个习惯，喜欢揣摩人。一桌人吃饭，会下意识地猜测都是些什么个性；一群人开会，也会揣摩台上台下人的各种心事；一伙人聊天，也会从人家的对话里感觉到微妙关系。这纯属自己跟自己玩儿的单机游戏。一般来说，准确率八九不离十。有时我说出我的判断，人家会惊讶地说："你怎么知道？"

　　但真正让我觉得有意思的，还是那种判断失误的经历。

　　比如前不久从山西长治回成都，在飞机上遇见一位，我就判断失误了。那是一个个子不高的男人，面色微黑，还有些沧桑。他上身穿了一件白色汗衫，背后印着半月形的一排字，一看就是哪个活动发的纪念衫；下身穿了条牛仔裤，也很旧了。我座位靠过道，他在中间。坐下后，他就把两手放在腿上，很拘谨的样子。我心里便暗暗猜测：这人肯定是很少坐飞机，也许是个农民工。飞机起飞后，空姐来送报纸，他不要；送毯子，他也不要。就这么一直僵坐着。送餐了，他接了过来，就摆在小桌板上，也不动。我不禁悲悯地想：是不是他不知道怎么开呀，我要不要帮他一下呢？（我曾经遇到过一个农村大妈就是让我帮她的）

　　还好，在我犹豫的时候，他自己动手了。接下来发生的事，让我惊讶不已，并且暗自嘲笑自己：人家不但熟练地打开了餐盒就餐，还找空姐要了耳机听音乐。因为我们紧挨着，我听见他耳机里传出的声音不是流行歌曲，而是钢琴曲。用餐完毕，人家用餐巾仔细地擦了手，要了一杯咖啡，熟练地放了糖和咖啡伴侣，慢慢地品味，喝完咖啡后，他终于从包里掏出一本书来看，是电子书！

幸好我没好为人师，差点儿出洋相。

还有一次意外，也让我印象深刻。一家电视台的编导来找我商谈一个访谈节目。编导来的时候带了一位摄像师，说要拍几个镜头。那摄像师长得非常壮硕，看上去孔武有力，一手拿着摄像机，一手拖着脚架。我暗想：这个人太适合当摄像师了，每天扛机器是很需要力气的。我跟编导建议去我们小区旁边的茶楼里谈，不料摄像师看了一眼茶楼说："能不能换个地方？我这个机器太重，上二楼太累了。"

我有些意外，才一层楼而已。但我们还是尊重他，就去了对面的一家茶室，不用爬楼梯。谈完了出来，编导说再去我们小区拍些外景。那位壮硕的摄像师又说："可以打车去吗？"这回我真的吃惊了，才几步路哇，你就是想打，也没出租车愿意呀。编导小姑娘哄他似的说，就几步路，马上就到了，就在对面。摄像师这才"哦"了一声，瘪塌塌地跟我们去了。

真是人不可貌相啊。关键是，他说话的声音还特别轻柔，带着那么一点点撒娇的语气，"可不可以打的去哇？"实在是反差太大了，让我这个"外貌协会"有点儿犯晕。

其实"人不可貌相"是句很老的话了，妇孺皆知，出自《西游记》里的"人不可貌相，海水不可斗量"。类似的还有一句，"知人知面不知心"。但中国的俗语往往是辩证的，有黑就有白，所以也有截然相反的表达，比如"人靠衣裳马靠鞍"，或者"相由心生"。确实，大多数人在大多数时候，都是凭外貌判断一个人的，此人很俗气，此人很滑头，此人没文化，此人很风骚……或者干脆认为，此人跟自己完全不搭界，永远不可能说到一块儿去，等等。

但事实上，外在的一切往往是不靠谱的。你看一眼做出的判断，和你看了 N 眼或者你与他交谈后做出的判断，会有很大出入，你会发现外貌背后还有另一个他。而这"出入"，便成了我的收藏。

讲个长点儿的故事吧。

最近我去参加一个活动，认识了一位老板，这位老板是来当地考察投资的。我接过他递上的名片，是那种带花纹的发亮的名片，感觉很俗。上面列了好几家公司，密密麻麻的。我也没细看，总之是个有钱人。他客气地说请我去他那儿玩，可以住他开的宾馆。我敷衍了两句就把名片放包里了。老板说一口闽南话，闽南话在很多时候就像是老板的专用方言，因为影视剧里的老板大多说闽南话。于是凭一张名片和一口闽南话，我感觉，我与这人是完全不可能说到一块儿去的，不就是一位会挣钱的老板吗？

那天早上我们要去山里，天气很冷，我穿了件薄毛衣，还带了件风衣，而他只穿了 T 恤。主人说进到山里更冷，一再劝说他加衣服，他就在路边的一家小店买了一件运动外套。上车后他解释说，虽然他是福建人，但不怕冷，因为他在东北当过兵。我暗暗吃了一惊，问他哪年当的兵，他说 1980 年。虽然比我晚几年，也是老兵了。接着他又说，虽然他只当了两三年的兵，但至今依然保持着早上 6 点起床的习惯，从不睡懒觉，很注重锻炼。我笑了，感到了一丝亲切。

也许是我的笑容和语气鼓舞了他，他便主动和我聊起来，他说来这个山区考察，除了做生意外，也想做些善事。我有些意外和不解。他略微有些动感情地说："我成为今天这个样子，是受了两个人的影响，一个是乞丐，一个是老板。"

我不清楚他说的"成为今天这个样子"是个什么样子，他的表达不是那么准确，但我已经有了听他讲述的欲望。

他说，刚离开部队的头几年，还处于创业阶段时，他去云南出差，途中停在一家小饭店吃饭。等菜的时候，看到饭店的老板在撵一个要饭的乞丐，很凶。老板也许是怕乞丐影响饭店的生意。那乞丐穿得破破烂烂的，面黄肌瘦，被撵后战战兢兢的。他看不过去，就拿了5元钱出来给老板，说："你给他一碗肉吃吧。"

那个时候5元钱是可以买很多肉的。老板就盛了一大碗肉端到门外给那个乞丐，没想到门外不止他一个乞丐，还有五六个，他们狼吞虎咽地分享了那一大碗肉，然后进门来给他作揖，他们站在他的面前，不停地作揖，嘴里喃喃道谢，称他为恩人。他说："那个时候我心酸得没法说，忍着眼泪摆手让他们走。就是一碗肉哇，他们差不多要把我当菩萨了。这个时候我点的菜也端上来了，摆在桌子上，可是我一口都吃不下，我就这么饿着肚子走了。这件事改变了我的人生：第一，我想我要努力挣钱，不能过苦日子；第二，我想我挣了钱以后，一定要帮助穷人。"

老板讲这个故事的时候，眼圈是红的，而我的眼泪也要落下来了，心里很酸。我可以想象那样的场景。虽然我们都知道还有很多很穷苦的人与我们同处一个年代一个社会，但这个"知道"是抽象的，当他们非常具象地出现在我们面前时，那种震撼是完全不同的。

老板接着说："第二个改变我的是一位台湾老板。这些年我的生意慢慢做大了，条件好了，差不多要忘了那个乞丐了。因为做生意，我和一位台湾老板有了交往。这个台湾老板回到福建老家做了很多善事，捐资建学校、捐资修公路、资助穷苦学生，大笔大笔的钱拿出来。可是我发现他和他的老伴儿却非常节约，每次过来谈生意，都是自己带着馒头和咸菜，连矿泉水都舍不得买，自己带水壶。他们穿得也很朴素，从来不穿名牌，而且总是住最便宜的旅社。几次交往下来，他对我的影响非常大。现在我也是这样，不管挣再多的钱，也不过奢侈的生活，还要尽自己所能把钱拿出来帮助有困难的人。"

虽然他的表达没那么明晰，但我完全听懂了，并且被深深地打动了。我再看他，便有了全新的发现，他果然与其他老板不同，手腕上没有手表，也没有珠串，什么黄花梨、紫檀，也统统没有；手指上也没有戒指，方的、圆的都没有，脖子上也没有金项链或者钻石、翡翠之类的东西。他也不抽烟。最为明显的是他的手机，这是一部很旧很旧的诺基亚，表面已经磨损了，一看就是用了很多年的。

我明白了他说的"今天这个样子"是什么样子。单看他外表，你很难想到他是一位经营了数家公司的老板，他甚至有自己的宾馆和博物馆。他已经资助了二十几名大学生，还参与了当地的很多公益事业。他说他还要做一些"不挣钱"的事。他来这个山区，就是带着这样的目的。

后来的几天，他依然操着闽南话，背着手参加各种活动，依然给每个人分发他那个花里胡哨的名片，我也依然没有与他做更多的交谈。我只是远远地看着，在内心表达着敬重和惭愧。

2012 年 9 月 19 日于成都正好花园

# 生命的秘密

今天去省作协开会，进去刚坐下，就看见一个年轻小伙子走了进来，一张稚气未退的脸庞，挂着腼腆的笑容，手上提了个黑乎乎、沉甸甸的公文包。作协的人介绍说，他是北京某网络公司的职员，专程到成都来找作家们签网络电子版权授权协议。

我一听，马上意识到他就是那个给我打了很多次电话约见面的小伙子。我没想到他这么小，看起来像个学生。我也没想到他还在成都，我以为他早已经走了。我赶紧闪到一边，不希望他过来和我打招呼；但他还是发现了我。他走过来喊我老师，我有些不好意思，解释说自己最近很忙，所以一直没联系他。他说没有关系，今天见到了很高兴，一会儿可以谈谈。

大约两周前，我接到这个小伙子的电话，他说自己是某某公司的，希望与我见面谈一下网络著作权的事。我一听，马上推说自己有事，没时间见面。

我不想和什么网络公司签协议，现在网上到处挂着我的作品，侵权得一塌糊涂。要把自己的作品白纸黑字地卖给某一家公司，我还是有顾虑的。现在网络环境不好，但我相信慢慢会走上正轨的，慢慢会建立起秩序。我若这么匆忙地把自己的作品卖了，以后情况发生变化了怎么办？我想再观望一下。这就是我不想签的原因。在此之前，已经有两家网站找过我，我都没有答应。

可是这个小伙子好像听不出我的意思，一再要求见面谈谈。我说我没空。过了两天，他又给我打电话，问我有没有时间。我还是说没空，说自己在外面，要过好几天才回成都。又过了两天，他又打来电话，问我回来没有。我索性说："咱们不要见了，我暂时不想签这个。"他说："我还不走，你再想想吧。"一晃又过去了几天，我以为他走了，没承想今天却见了面。

见到他本人，拒绝起来就更困难了。电话里面对的，是某家网络公司；现在面对的，是个孩子。我甚至马上联想到了我儿子，如果我儿子大学毕业干这个工作，遇到我这样的所谓作家，一次次地找上门，一次次地被拒绝，那该多糟糕哇。这么一想我就心软了，原先坚决不签的念头开始动摇。开完会，我见他正在和另一位作家谈话，就赶紧走了，好像做了对不起他的事。

下午他再次给我打电话时，我终于答应了和他签约，我再没有拒绝的勇气了。晚上我正好要和两位女友一起吃饭，就让他到吃饭的地方来找我。他答应了，并且提前来到我们约的地方。

于是我就着桌上的蜡烛，签下了两份合同。如此草率或曰如此浪漫地签合同，在我还是第一回。

签完后，我说我可以送他回住处。他有些意外，但还是高高兴兴地上了车。在车上，我们闲聊起来。他果然很小，只比我儿了大3岁，今年刚从北京航空航天大学毕业。我夸他不简单，能考上北航。他老老实实地说，单凭高考成绩是上不了北航的，他是靠了体育特长。他是个长跑运动员，拿过市里长跑第三名。我突然反应过来，今晚他是从住处走到或跑到我们见面的地点的——到之前他给我打电话时气喘吁吁的。他在充分利用自己的长腿。

我没有求证这个问题，而是问他怎么会喜欢体育，因为他前面告诉过我，他是个从小在农村长大的孩子。我知道农村的孩子只有干体力活儿的份儿，没有体育锻炼这个概念。

他说是因为他爷爷。

他爷爷是抗美援朝的老战士，从他小时候起就要求他锻炼身体，每天都带他跑步、爬山、做俯卧撑等。他还说他爸爸并没有当兵，也没有搞体育，他爸爸喜欢的是音乐；他还说他并不是爷爷的长孙，他上面还有两个哥哥，但爷爷就是喜欢他；他还说爷爷身上有伤，是抗美援朝时留下的；他还说爷爷在他高二那年去世了，没能看见他上大学。

他兴致勃勃地跟我说着这一切，我心里渐渐生出一种很奇怪的感觉，这个爷爷，一个本来与我毫不相干的人，却在今晚突然出现在了我的面前，连同他生命中的那些秘密，一起出现在了我的面前。他怎么负的伤？他怎么离开了部队？他为什么没让儿子再当兵？他为什么喜欢这个最小的孙子？他为什么要让这个最小的孙子进行体育锻炼？难道他希望他当兵？难道他在这个孙子的身上看到了年轻时的自己？

我没有问这个小伙子，我知道我迷惑的也是他迷惑的。或者他迷惑的还没有我的多、没有我的强烈，否则他不会这么长时间不去弄清楚这些事情。当然，也许他是正常的，我不正常，我有职业病，我总是想窥视、剖析他人的人生。那些人生的秘密，在我看来都是小说。

我把小伙子送到住处，问他：没找错吧？他说：不会错的，到的第二天早上，我就6点钟起床，围着这一带跑了一圈儿。果然，我猜得没错，他一直在充分利用他的长腿。

返回的路上，我看着街上闪烁的灯光和来往的人流，忽然想，任何时候，你都不能说那些陌生人与你没有关联。没准儿哪一天，他就出现在了你的面前，带着他生命中的秘密。

这些秘密，正是生命的魅力所在。

**2006 年 8 月 8 日**

# 我愿和你一起飞

　　我算不上空中飞人，但一年也会飞上十几二十趟。每次坐飞机，我都期待遇到一个安静的邻座，以便度过两三个小时舒适的旅程。最近这一年，我学会了网上值机，每回选座位时，心里就会想：不知这一次，身边会是谁？因为尽管是自选，照样很盲目，因为你选的时候，也不知邻座是谁。

　　最近一次外出，去的时候我选了16C，结果遇到一个让人很不愉快的邻座；回来的时候我就选了16D，仿佛为了远离上次的不愉快。那天是正点登机，我走到16D的时候，看到16E是位女乘客，心下稍安。以我的经验，女乘客安静的概率比较高。

　　可是我刚坐下还没系好安全带，她就开口了："大姐，这个耳机怎么用啊？"我帮她把耳机线插进座椅的耳机孔里，她连忙戴到头上，跟着又问："怎么没声音？"我只好帮她调好声音。她不断地摇头说："没有，什么都没有。"这时空姐走过来了，她一把抓住空姐："这个耳机听不到声音。"空姐说："你别急，我们一会儿会发新耳机的。"

　　但她就是急，扭来扭去的，坐立不安。当空姐演示安全须知时，她很认真地听，然后大声地对同伴说："我没穿高跟鞋，我不用脱。你得脱。"她身边是个年轻女孩儿。那女孩儿为她的躁动不安感到不好意思，朝我笑笑。可她满不在乎，继续锲而不舍地捣鼓着耳机，终于，耳机被她捣鼓出声音了。因为，我听到她开始唱歌了，是比较老的流行歌曲《在水一方》《恰似你的温柔》……

完了，遇到了一个不安宁的女邻。我心里隐隐地担忧着。

飞机开始滑动，她忽然取下耳机问我："飞机飞起来的时候是不是很难受？我应该怎么做？"我安慰她说："没事的，不要紧张就行。"旁边的小姑娘也说："你张大嘴巴就没事了。"她一听，就戴上耳机大声地唱起歌来。也许她认为这是另一种张大嘴巴的方式吧。这回她唱的是《夜来香》，我们就在"夜来香，夜来香"的歌声中飞上了天空。

显然，我的这位女邻座是第一次坐飞机，不过她的折腾并没有让我特别反感，很奇怪。也许是她和我说话时的语气？也许是她的眼神？似乎都透出一股与她年龄不相仿的单纯和天真。

我开始有意地打量她。40出头的样子，长相很普通，脸色微黑，头发也黑，还亮，这让她显得年轻。她围着一条有蕾丝边的紫色纱巾，穿了一条砖红色的裤子，抱在怀里的包是豹纹的。我由此猜测她并不是个家庭妇女。她不但大声唱歌，两只手还翘着兰花指比画动作，仿佛在舞台上一般旁若无人，一对银手环叮叮当当作响。我还注意到，她虽然是戴着耳机在唱，音却很准，一般人是做不到准确地控制音准的。也许，她是哪个县剧团的演员？或者，她在哪个街道的业余演出队？

飞机飞平稳后，她终于安静了。我便拿出书来看，刚看了没几页，她就紧张地取下耳机对我说："我耳朵听不见了，我难受。"我说："你吞咽下口水试？"她照着做了，并露出满意的笑容："嗯，好了。你耳朵不难受吗？"我说："我也会难受，大家都一样。"她说："我不一样啊，我身体很不好，所以有点儿担心。"

这让我很意外，她看上去挺健康的呀。但她转移了话题："你是不是经常坐飞机？"我说："是的。""那你知道这个飞机票多少钱一张吗？"我说："如果不打折，加上机场建设费和燃油附加费什么的，要一千六七吧。"她听了后，朝身边的小姑娘伸了伸舌头。

她忽然说："对不起，我问你太多问题了。"

我说："没事。"

不过我心里却越发好奇了：这究竟是个什么样的女人？她，她们，去成都做什么？我忽然想，罢了，反正也看不成书了，不如和她聊聊。于是我合上书主动问："你们去成都干吗？"

她的回答让我吃了一惊："我们去做节目，四川电视台邀请我们的。喏，我们5个！"她指指过道旁边的两个和身后的一个。原来他们是个小团体。我自选的座位，正好把他们分开了。

我毫不掩饰我的惊讶："做什么节目？"

她很自豪地说："我们有个《草根之家》，是专门为进城的打工者提供服务的，我们几个都是《草根之家》的义工，我们就是去做这个节目的。"

我更为惊讶了，同时又有一些开心。

她开始滔滔不绝地给我讲他们的《草根之家》，还告诉我她身边的小姑娘是跳舞的，跳得特别好，她自己是唱歌的，另外三位也都是《草根之家》的骨干。

我一边听一边庆幸，还好自己开口问了她，不然，就错过了一个美好的故事、美好的人。

她说的这个《草根之家》在杭州已经成立8年了，小有名气；他们的宗旨是"让杭州的打工朋友过上有尊严的生活"。这个宗旨让我敬佩，原来他们并不只是提供娱乐、交友的平台，还提供技能培训、普法维权等非常实在的服务。让我欣慰的是，当地政府很支持他们，每年都拨款解决其房租和水电等基本费用。

其实更让我感动的，是她自己的故事。她说她和老公是在杭州打工时认识的，老公是江西人，做房屋装修。结婚后，夫妻俩齐心协力地干，渐渐有了些积蓄，生了一儿一女，小日子过得还算不错。可是两年前的某一天，她突然中风瘫痪了，因为家族有遗传性高血压，也因为缺乏医学知识，从来不注意。老公见状，毫不犹豫地把刚买的车卖掉，送她进了最好的医院。医生诊断后说，情况很严重，就算保住命，以后恐怕也要躺床上了。但她老公完全没有放弃，放下工作，天天跑到医院照顾她，帮助她做康复。而她自己的乐观开朗也起了很重要的作用。于是半年后，她竟然奇迹般地恢复了，慢慢地能下床了，慢慢地能走路了，直到现在这个样子。

她无限感慨地说："我都没想到我还能有今天。"

我说："你很幸运，遇到你老公。"

她说："是的，我老公特别好，人很善良。对我好，对他爸爸妈妈也好。我出院的时候才知道我们家的车没了，他说车算什么，我们以后再买。我身体刚好一些，就想去《草根之家》参加活动，他就每天送我，用自行车推我去，晚上再接我回家。"

我说："是不是感觉很幸福？"她说："我们也吵架。有一次吵架时我生气了，我就说：'以后不用你管我，你走你的康庄道，我走我的独木桥。'我老公叹气说：'还是你走康庄道，我走独木桥吧。你身体不好，独木桥难走。'哈哈，我一下就消气了。"

我心里暖暖的，为世上还有这样优秀的男人，也为世上还有这样幸福的女人。难怪她显得那么单纯天真，因为一直以来她都无须费什么心思去维护他们的婚姻。

她继续讲："我还参加过《中国达人秀》的选拔赛呢，我讲了自己的故事，唱了一首歌，3位评委都给了我'Yes'。但是我没有再去上海参加复赛，因为当时身体还不太好。"

她讲得很自豪："你上网去搜嘛，可以搜到我们《草根之家》的事迹，也有我的名字。真的，你去搜嘛。"

她讲得很热情："我给你留个电话，你下次回杭州就给我打电话，等我们《草根之家》有演出的时候，我请你来看。"

她一直讲到飞机降落才停下来，再没提耳鸣的事。告别时她再次对我说："大姐，真不好意思，一路上都在打搅你，你烦我了吧？"

我连连说："没有，我很愿意听你聊天，我很开心。"

其实我心里还有一句话没说出来：我愿和你一起飞。

2014 年五一劳动节于成都正好花园

# 旅行之于我

年轻时我曾写过一篇随笔，题目叫《热爱出门》，很直白，也很由衷地表达了我对旅行的喜爱。要是较真儿的话，我对旅行的热爱超过了对文学的热爱。简单地说，我是个喜欢在路上的人。假如连续一两个月的时间蜗居在家中，我会感到厌倦和慵懒，如蛰伏的虫子，期盼着生命中那个叫作惊蛰的节气。远方一声滚雷响起，春天来了，我匆匆收拾行装，踏上颠簸不已却又新鲜快乐的旅途生活。我相信这样的热爱，将伴随我的一生。

其实在我说旅行的时候，它的含义不是通常意义上的旅行：乘火车、汽车、飞机、轮船去某处观赏风景，人文的或者自然的，置身于山水之间，忘情于天地之中。我说的旅行，不仅是旅游，它还包括人生的迁徙。源于较为复杂的因素，我在出生100天后就踏上了旅途，当然我是由母亲抱着的。之后是3岁，之后是5岁，之后是12岁，之后是18岁……我一次次地离开故地，一次次地踏上旅途，一次次地走向一个新的驿站。记得上中学时，我意外得知我们班上所有同学从未离开过他们居住的小城，顿时大感惊讶：他们怎么会一直在一个地方生活呢？我一直以为所有的人都和我一样走来走去。从江南到华北，从华北到西南，这样大幅度的迁徙，令我不会讲任何方言，也没有任何饮食上的偏好，还因此读了两个小学三个中学，拥有了众多记不住名字的同学。

上大学后我更为频繁地踏上旅途。每到假期，我总是班上第一个离开校园的学生，我去杭州看母亲，去长沙看父亲，去西安看姐姐——那时我们一家四口分居在东南西北的4个省会城市，仅仅为了探亲我就要去4个地方，那时的我，坐火车如家常便饭，在火车上结识朋友，在火车上看书聊天，在火车上过日子。因为是穷学生，坐火车很辛苦，买不起卧铺，有时连硬座都没有，几天火车坐下来，我常常头晕腿肿。但我仍是那么喜欢火车上的感觉，喜欢吃着最简易的食物看着变化万千的风景，喜欢在火车特有的轰隆声中专心看书，喜欢在热闹的车厢里观察各色人等。这种种欢喜化作深深的愉悦沉淀在心底，滋养着我色彩单一的人生。

大学毕业后，我的人生迁徙似乎停滞了。工作、结婚成家都始终在我如今仍居住着的城市成都。有几年我很不甘心，总想再离开，总想再去一个新的地方开始新的生活，但终因有了家庭和孩子而打消了念头。于是怀揣一颗不安分的心，我尽可能地找机会出门，开会、采访、参观学习，或纯粹游玩，无论哪一种，只要出门上路，我都会欣欣然，满腔热情地前往。喜悦往往来自旅途，而不是目的地。

自然，为了孩子我不得不放弃很多出门的机会，但仍给年幼的儿子留下了这样的印象：妈妈喜欢出差。有一次他跟我说："妈妈，等我长大了，你千万不要长小，这样我就可以和你一起出差了。"我听着内疚，后来只要有可能，我就带着他一起出门。几年下来他也跑了不少地方。大概在他9岁的时候，我听见他和小朋友聊天："我妈妈哪儿都不带我去，到现在为止，我只去过北京、上海、杭州、苏州、西安、重庆、昆明……"我在一旁忍不住大笑，那样多的地方，连那些小朋友的妈妈可能也没去过呀。

虽然常常出门，常常身在旅途，但回想一下我跑过的地方，却并没有取得"踏遍青山"的骄人成绩，比起许多热爱旅游的朋友，我只是个菜鸟。网上有一个地图软件，如果你每个省、自治区、直辖市都去了，填空后地图就会变成一片红，我填出来的地图却有很多空白，我还有7个省、自治区、直辖市没去过，其中包括在人们看来很容易去的广西、宁夏、黑龙江等地。出国旅游，次数就更少了。

究其原因，是我常常去同一个地方。比如杭州，我年迈的父母和姐姐居住在那里，我每年至少要去看望他们两次；比如北京，因为有太多的会议和公务必须去那里；比如四川和云南，我的工作需要我常常前往那里。

再比如，西藏。

我终于说到了西藏。

1989年我第一次去西藏时惊喜地发现，原来世界上还有这样一个地方，遥远而又陌生，陌生而又亲切，让我产生了由衷的热爱和依恋。很快我又去了第二次和第三次。1992年我在三进西藏后，写下了一篇直抒胸臆的散文《在遥远而又陌生的地方》。

八月，我又去了西藏。

连我自己也很难说清楚，那片土地上究竟是什么在吸引着我。当我从成都那片常年灰暗阴沉的天空下，忽然飞进高原的阳光里；当我走下飞机，一眼看见那片熟悉的蓝天，呼吸到那缕清冷却是无比新鲜的空气时，我就知道自己一直在渴望着与它重逢。我忍不住张开整个身心对它说：你好，西藏！

…………

每每行走在渺无人烟、辽阔无垠的高原，每每看见旷野中偶尔闪现的绿树和灌木，每每看见牛粪镶嵌在围墙上的藏民院落，每每看见猎猎飘扬在路上、河上、山顶上的五色经幡，甚至每每看见从山上横冲下来漫过公路的泥沙，我都会感到熟悉而又亲切，都会想起那句话：在遥远而又陌生的地方，有一个故乡。

是的，西藏，它是我灵魂的故乡。

也许在西藏这片神秘的土地上，自然并不只是客观存在，而是具有神性和灵魂的人的自然。在这里，与自然的对话，就是与灵魂的对话。所以对我来说，每次去高原，都不是一次旅行，而是一次与老朋友的会面和交谈。

这样的奇遇，这样的感情，我在日本著名画家东山魁夷的散文里也发现了。他在北欧的异国土地上，也找到了故乡的感觉。

东山魁夷从北欧归来时，画了许许多多的风景画。这些画表面上看似乎没有什么特别，但人们一眼就可以看出它们都是东山魁夷创作的。这位著名画家在北欧与他的大自然邂逅，在那片异邦的土地上产生了一种故乡的感觉，因此找到了一片可以与之对话的自然和风景。他为自己和那片风景创造出了馥郁的人生。他把他的灵魂融入风景，又将这些风景绘制成他的画。

我常常从东山魁夷的北欧风景画中，感受到他对那片风景的情感，这是一种对故乡的情感，它令我备感亲切。

一个人可以随时去旅行，但很难随时随地发现故乡。说来我也到过很多地方，见过很多风景，但真正能令我产生故乡之情的，能一而再，再而三地将我诱惑的，唯有西藏。

赫尔曼·黑塞曾在《我最心爱的读物》中写道："血统、乡土和祖先的语言并非一切的一切，在文学亦如此；世界上还有超出这些东西的东西，那即是人类。这世间有一种使我们一再惊奇而且使我们感到幸福的可能性：在最遥远，最陌生的地方发现一个故乡，去爱那看来最难得登堂入室的东西。"对照这样的表述，我想，西藏是我旅行至今最大的幸福和收获。

我在行走中找到了故乡。

旅行也许丰富了我的阅历，旅行也许让我胸襟开阔，旅行也许让我增长了知识，但我想最重要的是旅行让我找到了"故乡"。由于家庭的缘故，我几乎是个没有故乡的人，漂泊是我的生活状态。虽然各种档案上都填写着祖籍浙江嵊县，但那个地方之于我，书面意义远远大于实际意义。我一直很羡慕那些有着与生俱来的根脉的作家，如福克纳所说的，拥有"邮票般大小"的地方，那地方就成了他们创作不竭的源泉。而我，却总是以异乡人的姿态生活在别人的城市。

但旅行让我找到了故乡。

我是一个出生在江南水乡的人，却没来由地喜欢寒冷辽阔的土地，喜欢清朗透彻的天空，喜欢色彩浓烈的经幡，喜欢耀眼冷硬的雪山，甚至喜欢它彻骨寒冷的空气。站在那样的土地上，我总有一种想流泪的感觉。如果你看到我在微笑，那一定是遇见了我前世的灵魂。

如今，我已经10余次踏上过那片神奇的土地，10余次拜谒过遥远而神秘的雪域高原。除了乘坐飞机飞上高原，我也曾从川藏线、青藏线匍匐着一步步爬上高原。每一次，都让我的内心充满喜悦，仿佛是去见久违的朋友，仿佛是与亲爱的人重逢。

这些年，我陆陆续续写下了一些关于西藏的文字，写下了两三本关于西藏的书，但始终没有穷尽我对那片土地的热爱，或者说，我还没有找到更为确切的表达方式。那样的感情无以言说，但那样的感情已融进了我的生命里。我想融进了生命就融进了文学。

旅行和文学，在我看来，它们之间没有关系，但又密不可分。因为它们都深深地镶嵌在我的生命里，如同我的有血缘的和没有血缘的故乡。

# 朝拜伟大的纸

我有恋纸癖，看到好纸，会忍不住拿起来摩挲。做编辑时，印刷厂拿来几种纸商议来年的用纸，我总忍不住想选最好的，哪怕成本高一点儿。在宾馆开会，桌子上通常摆放着印有宾馆名称的信笺，我舍不得在上面做记录，随手记在自带的稿纸上，把信笺带回家。我的抽屉里攒了许多宾馆的信笺，它们大都很考究，有的雪白，有的米黄，有的光亮如上了釉，有的则压着浅浅的花纹，凭直觉，都在 50 克以上吧。我还存了一些单位早年的稿纸，有 16 开的，还有 8 开的。年代久远，已经有点儿发脆了。但我还是喜欢放着。偶尔，我会把这些纸拿出来，像女人看珠宝那样欣赏一番。

其实我对纸的关注始于童年。那时候父亲在铁道兵学院教书，晚上总在台灯下备课，我会向他讨一张纸来趴在一边写写画画。那时我就对纸有一种莫名的喜欢。父亲对纸很珍惜，正面写过教案的，背面就拿来当草稿纸做演算，正反面都用过了，就裁成两张扑克大小的纸片，放在卫生间，让我们如厕用。我蹲厕所时会拿起来看，正面看不懂，反面也看不懂，就揉巴揉巴用掉。有一天父亲很喜悦地拿回一张布满细细小格子的坐标纸，他说是从教研室废弃的纸里捡回来的，还有半张能用。父亲说，这可是很好的道林纸。"道林纸"这个词，就这样进入了我的童年。后来父亲用这张坐标纸给我和姐姐记录年龄和身高，这张纸至今依然被保存着。

等我做了编辑，才知道道林纸就是胶版印刷纸，因为最早是美国道林公司生产的，故得此名。再后来我又知道了双面铜版纸、蒙肯纸等各种好纸，还知道了纸是分类的，包装用纸、印刷用纸、办公用纸、工业用纸、生活用纸，再细分起来有上百种吧。买书时也会发现，纸越来越好了，质地细密，还很轻，越来越让人喜欢了。我做主编时曾规定，所有的纸必须用两面，尤其打印校对稿时只能用废纸。寄刊物用的牛皮纸信封也要翻过来再用。

即使如此，我却从来不知道造纸的过程，或者说，从来没目睹过造纸的过程。作为一个爱纸的人，这是一大遗憾。

终于有了这一天。

这一天我们来到温州瑞安，来到瑞安芳庄，来到芳庄东元村，来到东元村的"六连碓"，去朝拜造纸的遗迹。下了雨，山路很滑，我们不得不小心翼翼一步一步地缓慢前行。这样的行走显得颇为庄重，很符合朝拜的心境。

温州造纸历史悠久，而这个六连碓，则是瑞安山区生产屏纸的重要地区。屏纸的生产工艺在宋应星所撰的《天工开物》中就有记载。所谓六连碓，简单地说，就是六座顺着山势而建的纸碓房，即生产屏纸的作坊，与2000年多前我国的古造纸术紧密相连。

追溯起造纸的历史，肯定要提到东汉人蔡伦。我们从小就知道蔡伦造纸，却不清楚详情。传说蔡伦当时造纸是为了讨好太后邓绥。邓绥是位才女，喜欢舞文弄墨，同时又很节俭，觉得用帛来书写太昂贵了，希望能有一种质地好又便宜的纸。蔡伦当时是宫里的太监，位居中常侍，他的靠山窦太后去世了，他急需找到新的靠山。得知邓太后的这个愿望，立即表示愿意去完成这个任务，以至于屈居主管御用器物制作的尚方令。为造出这种纸，蔡伦可谓殚精竭虑，冥思苦想（我觉得还应该加一句"群策群力",因为当时皇宫的作坊,原本就聚集了天下的能工巧匠)。当然蔡伦原本天资聪颖,肯动脑子,他在西汉造纸雏形的基础上,改进这项技术,采用树皮、麻头、破布、旧渔网等原材料和新的制作工艺,终于生产出了可以用来书写的纸。他将造出的纸和奏折一起呈给了汉和帝,皇帝龙颜大悦。安帝元初元年(114年),蔡伦被封为"龙亭侯",故人们便把用蔡伦造纸法制成的纸称为"蔡侯纸"。

虽然蔡伦最终因汉和帝去世,在宫廷斗争中因失宠而自杀,但他改进的造纸术却流传了下来,一直福泽后人,并沿着丝绸之路传向世界,成为中国四大发明之一。纸的诞生,令人类文明向前迈进了一大步。

也许蔡伦都没意识到自己改进的造纸术有多么伟大。在纸诞生之前,我们的祖先是将文字写在兽骨上、写在树皮上、写在石片上、写在青铜上的……后来有了竹简和木牍,但都是些既稀少也不易携带之物。西汉虽然有了纸的雏形,原材料却是丝帛,成本高。蔡伦第一个生产出了植物纤维纸,让生产纸的原料有了广阔的来源。所以无论初衷如何,蔡伦都是一位了不起的发明家,值得被永远铭记。

再说回芳庄。芳庄的屏纸,在工艺上与蔡伦的古法造纸术一脉相承,始于唐宋年间。只不过他们采用的原材料更为单纯,因居住的地方水多竹茂,故全部用竹子。史书载,同一时期的其他地方,皆因地制宜造纸,四川是用麻,北方是用桑树皮,沿海地区是用海藻类,制作过程也大同小异。

我们认真观看了芳庄屏纸的制作流程,为表达敬意,我将其过程如实写下。

先将水竹斩成1米左右,再劈成指头粗的小条,再用锤子将竹子锤裂晒干,扎成捆,俗称"刷"。这道工序叫作料。再将"刷"叠排放进石灰塘，压上石块浸泡3到5个月。这道工序叫腌刷。其间还要上下翻动，称为翻塘。翻塘很累，且容易引起皮肤溃烂，不得不随时用草药敷胳膊和手。"刷"沤熟后捞出，用清水浸洗一个月，再晒干。这道工序称为晒刷。再将晒好的"刷"放进水碓房的捣臼中，利用水碓将其捣成竹绒，这道工序称为捣刷。最后将捣刷好的竹绒溶进水里，搅拌均匀，再用细竹丝编成的纸帘在浆池中轻轻一荡（捞），滤掉水便剩下一层薄薄的纸浆膜，重叠起来称为"纸墙"。这道工序叫捞纸。最后用3米多的压秤压干纸墙中的水分，切成3节或4节，称为压纸。最后才是分纸，晒纸，折纸，打捆儿，包装。

多么不易！整个工艺流程往大处讲至少有8道，往细处讲，得有70多道甚至上百道。从竹子到纸，至少需要半年的时间。毕竟，它是将一种生命形态转化成另一种生命形态。

我们沿着山势向上走，虔诚地朝拜了第一个碓房。这碓房，即是其中一道工序"捣刷"的所在地。只见强有力的溪水顺山冲下，带动起木制水轮，水轮再带动轴木，轴木上嵌着大石头，然后"水激轮转，则轴间横木，间打所排碓梢，一起一落舂之，即连机碓也。"（《农书·农器图谱·机碓》）。原来所谓连碓，就是连续地舂，一下一下地不停地捣，捣碎竹梢，直到将竹梢捣成竹绒。说来汗颜，我最初还以为六连碓是6个水碓连在一起的意思呢。

我们一直向上走，从六碓房走到一碓房。其中一个碓房正在作业，那是为了让我们观看而特意作业的。我看到大石头下的竹梢，正在被一下下地捣碎，我却忘了问：一批竹"刷"要捣多长时间才能成绒？我估计，至少需要两天吧，至少需要捣上千下吧？我们还发现，那水轮的设计也很科学，有一根竹子悬在高处，专门用来引水冲刷轴承，以免过热出现故障。劳动人民的智慧随处可见。

上到山顶，再从溪水的另一侧往山下走，一路上，便看到了许多用大石头凿成的浸泡竹梢用的石槽，也叫石塘。每个都有小书桌那么大，闲置经年，生满绿苔。但依然想见当年它们浸满刷（竹梢）的蓬勃样子。原来这座葱绿的山坳，就是一个大大的造纸厂，是一个挨一个的露天车间。再往前，我们终于看到了最后一道工序：捞纸。一个工匠正用极细的竹丝编成的纸帘，从浸泡的竹绒浆池里，轻轻地一捞，滤掉水，便成了一层薄薄的纸浆膜。据介绍，这道工艺很考验手艺，是决定纸的质量的关键一环。

真是来之不易的纸呀！我心里一遍遍地感叹。

细看那捞起来的纸，便是我们通常称其为"马粪纸"的草纸，还无法用来书写，只能做一般的生活用纸。若要把它进一步造成可以书写的纸，还不知需要多少道工艺，下多大功夫。

原来，那天天与我相伴、书房里随处可见的纸，那从写第一个字就开始使用、用了几十年的纸，就是这样诞生的。其间融入了多少人的智慧、多少人的汗水，以及多少人的生命。回望那葱绿的山坳，就像一个孕育生命的子宫，经年累月诞生出一张张伟大的纸。

虽然现在屏纸已停止生产，虽然我们已经有了现代化的造纸工艺，虽然因为无纸化办公对纸的需求量开始下降，但面对这久远的造纸遗址，我依然心怀敬意、心怀感激。我在细雨中，默默地向这个深藏于山坳的造纸作坊致敬，向发明了造纸工艺的先人致敬，向传承了造纸工艺的芳庄人致敬，也向那些为了人们的书写而奉献出自己生命的树木、竹子、芦苇、桑、麻、麦秸、棉花、稻草、海藻等所有的植物致敬，你们不仅是纸农的衣食父母，也是我的衣食父母。

如今，造纸工艺还在不断创新。比如，研究出了用废弃的污泥造纸，又比如，研究出了用废弃的香蕉秆儿造纸，这些原料经过新工艺加工后变废为宝，为我们的纸世界锦上添花，继续为人类造福。

我忽然想，为了对得起伟大的纸，我们每个写字的人，都应该好好练字，以便让自己的字配得上一张张来之不易的纸。

**2018 年 9 月写于成都**

# 到惠州拜谒从前的你

到惠州，第一个让我吃惊的是，惠州竟那么大。导游说它约有 10 个香港那么大，有 6 个深圳那么大，或约有 1.5 个广州那么大。我忍不住咋舌，暗暗笑话自己的孤陋寡闻。

惠州不只是大，还那么美，美到我拍照拍到停不下来。它依山傍海，四季如春，树木花草繁多，随处所见的奇花异草，连我这个热爱植物的人也叫不出它们的名字来。

但惠州最打动我的，还是人。短短几日，我便在惠州拜谒了几位流芳后世的人物：苏东坡、王朝云、叶挺、李秀文、邓承修、邓仲元……

你们让我仰慕，让我敬佩，你们诠释了"人杰地灵"这个词。你们的杰出，非同凡响，让惠州这片土地光耀九州。

我到惠州，仿佛就是为了拜谒你们、记住你们。

## 1

我最先想说的是你，王朝云。

王朝云，遇见你于我是个意外，我们本是去拜谒大名鼎鼎的苏东坡的，我们是去参加苏东坡文化节的。说起来，苏东坡和我也算有丝丝缕缕的联系。他出生在我的第二故乡四川，就是那个距成都只有几十公里的眉山。这让我时常猜想：他写诗诵读时，用的是眉山话吧？他还两度去我的故乡杭州任职，用我妈的说法，他在那里做"苏市长"。苏市长留下的不只苏堤，也不只东坡肉。当我在文化节晚会上听到孩子们齐声朗读苏东坡的诗词时，不由得慨叹：真了不起呀！就是那位我十分钦佩的隆莲法师，对苏东坡也是无比钦佩。她是苏东坡的老乡，当我夸赞她才华横溢时，她笑眯眯地伸出小拇指说："和苏东坡比，我是这个。"

也许但凡中国人，没有不知道苏东坡、不喜欢苏东坡的。

但知道苏东坡的人，却不一定知道你。或许，几乎没人知道你。

你是跟着苏东坡来到惠州的。苏东坡在他精彩而又坎坷的一生中，有两年多是在惠州度过的。1094 年，苏东坡因得罪朝廷被贬谪到岭南，从我的故乡杭州来到惠州。那时的惠州尚属蛮荒之地，苏东坡自觉落魄，便遣散侍妾家丁等，不想连累他们。众人也正好借机离去。唯有你，你这个柔弱的江南女子，执意要跟他一起走，一起到惠州。

你不过是个侍女，当然又不只是侍女。你 12 岁进苏家门，因多才多艺、聪明伶俐，一直陪伴在苏东坡身边。有了你，苏东坡在惠州的日子才有了暖意和诗意。苏东坡在惠州的两年七个月里，创作了不少作品，我认为若没有你在身边，是不可能的。

不过，你并不是个低眉顺眼、逆来顺受的侍女。据说，苏东坡曾开玩笑说要拿你换朋友的一匹骏马。你听了，当即用头撞树。其性情之刚烈，让今天的我闻之心头战栗。

但仅仅两年你就病故了，永远留在了惠州，年仅 34 岁。我猜想是生活太艰辛，你又太操劳了。苏东坡十分悲痛，亲自为你撰写墓志铭，并写下了《西江月·梅花》和《悼朝云》等诗词，寄托对你的深情和哀思。但是，直到去世，他都没有给你一个名分，就是说，他没有纳你为妾。不知是嫌弃你出身卑微，还是其他什么缘故，这让我很是不解，也很是不满。

庆幸的是，惠州人民没有忘记你，他们给了你名分，给了你应有的地位。他们称你为"奇女子"，夸赞你的勇敢和重情义。也让我在近千年之后能够拜谒你，在你的墓前表达由衷的敬意。

能够流芳百世的，一定不是名分，而是人心。

## 2

走进叶挺将军的故居，我遇见了你，李秀文。

一眼看到你时，我即刻停住了脚步，心里呀地叫了一声：这个女人是谁？怎么这么美！这么大气！含笑迷人的双眸注视着我，穿越百年依然动人心魄。

原来，你就是赫赫有名的叶挺将军的妻子——李秀文。

叶挺的英勇，叶挺的功绩，也几乎是人尽皆知的。他是中国人民解放军的创始者，是新四军的重要领导人，是军事家、政治家。

但鲜有人知道你。

你19岁嫁给叶挺。你风华正茂，家境优渥，但你嫁给叶挺，却不是为了做官太太，而是为了成为他的革命伴侣。那是1926年，叶挺担任以共产党员为骨干的独立团团长，隶属国民革命军第四军。当时正是时局动荡、战事频繁之际，你们的婚礼非常简朴，以至于在当时的官场引起了小小的"地震"。婚后迎接你的，不是花前月下，而是狂风暴雨。作为妻子，你不仅为他生儿育女（你是9个孩子的母亲），更是和他一起共克时艰。

新四军初建时非常困难，缺少武器弹药，你竟从家里拿出父母的养老钱，加上筹集到的钱，从广东、香港一带买了3600支手枪，亲自押送这批物资运往皖南，供给新四军抗日。

在皖南的3年抗日斗争中，你始终陪伴在叶挺身边。稍有空闲，你还练习写毛笔字，并教警卫员识字，上上下下的人都喜欢你。不幸皖南事变发生，新四军遭到重创，叶挺被抓。你擦干眼泪四处奔走，得知叶挺被关押在湖北恩施，你便携儿带女去恩施看他。此后叶挺一会儿被押到恩施，一会儿又被押到桂林，你不得不带着老老少少十几口人来回奔波逃难。曾经有一个时期，你们一家老小竟住在一个破庙里，每日只靠野菜和向老乡买些红薯过活。后来好不容易与李济深取得了联系，才得以搬到广州。

无论经历怎样艰难的生活、怎样险恶恐怖的环境，无论叶挺在身边还是不在身边，你都毫无怨言，做他忠实的"十二月党人的妻子"。

1946 年 3 月，叶挺在被关押 5 年后终于出狱了，你终于又和他在一起了，你们欣喜若狂，激动不已。但非常不幸的是，好日子仅仅过了一个月，1946 年 4 月，你们就在飞往延安的途中遭遇飞机失事，遇难了。你和叶挺，还有你们的一儿一女，不幸一起遇难。

你和叶挺做了 20 年的夫妻，生活几乎没有一天是安宁舒适的，危险和动荡是家常便饭，20 年的婚姻生活，你们经历了从北伐战争到抗日战争一个又一个的历史事件。你虽然也分享了他的荣耀，但更多的是分担他的苦难。

让我惊讶的是，在经历了种种艰难困苦后，你依然那样美丽，或者说，更加美丽，美到超凡脱俗，犹如凤凰涅槃。

虽然你一直都站在叶挺的身后，我却想牢牢记住你。

我为你鞠躬。

## 3

我走进了你的故居，壶园。

拜谒你。

邓承修先生，我必须坦白，在来之前我不知道你。你名邓承修，字铁香，我不知这"字"是父亲给你取的，还是你自己取的，真真是名副其实呀。面对你这样一位"铁汉"，我猜今天无数人都会感到汗颜，不仅仅因为不知道你，更因为你的刚直不阿。

你是清同光年间的一名官员，你的履历不复杂，历任刑部郎中，浙江道、江南道、云南道监察御史，鸿胪寺卿、总理各国事务衙门大臣。你的事迹也很简单，任御史时大胆进谏，弹劾权贵，痛陈利弊，人称"铁笔御史"。中法勘界中，作为中方勘界大臣，你忠于职守，有理有节，不惧威胁，勇敢维护国家利益。

但我知道，在这简短的事迹里，有着你非凡的一生。

你仅是个举人，用今天的话说，学历不高，非进士，更不是翰林，但你却一身正气、刚直不阿、不畏权贵，屡屡弹劾权贵大臣，被誉为"铁汉"。你和张佩纶等人，则被称为"清流党"，声动朝野。

最让我印象深刻的是，1885 年，你受清廷派遣，赴镇南关（今友谊关）与法国使者会勘中越边界，面对法方咄咄逼人的无理要求，你那句"即断我头亦不能从"的回答，真的是掷地有声，声如洪钟，传至今日依然振聋发聩。面对你的画像，我也忍不住伸出大拇指："赞！"

维新派领袖康有为对你也是钦佩之至，曾致信你："闻先生风烈久矣！每问讯士友以古人之清直孤介、正色立朝者，今得先生，甚慕仰。"

你辞官回到惠州后，继续为百姓谋利益，见惠州西湖被毁坏、被侵占，面积大幅度缩小，便奏请朝廷疏浚，并严禁开垦，清理占筑湖田。是你让西湖重现旧日风光。西湖边至今还立着那块后人为你树的"邓鸿胪浚湖纪念碑"。

我们在壶园徜徉，嗅着流芳百世的"铁香"。庭院里那棵百年老树，据说是你亲手栽下的，如今树下生满青苔，树木枝繁叶茂，散发着顽强的生命力，犹如你的精神。

4

你，也姓邓，邓仲元先生。

这并不是巧合，而是因为你与邓承修都是惠阳淡水邓氏家族的后裔。淡水邓氏在当地赫赫有名，你们两位的故居离得也不远。

你清末随父母来到惠州，从小便知道家族中有一位"铁笔御史"邓承修，他的铁汉精神自幼便熏陶着你。

于是年轻的你投笔从戎，参加了革命，你是同盟会元老，被誉为民初名将。在辛亥革命中，你英勇善战、身先士卒，率众数次击溃敌军，夺回惠州，在军中威望大增。

你的军事才干和勇敢的精神，深得广东都督胡汉民的看重，他甚至想招你为婿，却被你婉拒，因为你不想攀附权贵。

惠州之战后，27岁的你成了陆军中将。后来你追随孙中山，加入了中华革命党，成为孙中山的得力助手。

你的别名叫邓铿，就像你的前辈叫"铁香"一样，一身硬骨头，叮当作响，廉洁律己，从严治军，一丝不苟，疾恶如仇。拜谒你，还有你的前辈邓承修，邓氏家族的精神得到了很好的传承。

你任粤军总部参谋长兼第一师师长时，决意要将粤军第一师建成一支高素质的军队，你做到了。粤军第一师堪称天下第一，走出了李济深、邓演达、陈诚、叶挺等数十位名将。

但你也因此遭人嫉恨，要从严必会得罪违法乱纪之人。你在处理这些人时毫不手软，重罚严处，哪怕这个人与你沾亲带故。你由此得罪了不少人。

1922年，你在广州大沙头广九车站，突然被奸徒用手枪袭击，两颗子弹击中了你。你临终前感叹道："天下不能容好人。"

但天下是期盼有好人的。即使懦弱得不敢做好人的人，也盼望着天下有更多的像你这样的好人。因此在你遇刺身亡后，你获得了无数的哀荣。孙中山以大总统的名义下令追赠你为陆军上将，并为你亲书墓碣。国民政府甚至通过了《纪念邓仲元办法》，确定每年的3月23日为"先烈邓仲元先生殉国纪念日"，还发行了纪念你的邮票，塑立了你的铜像，建造了以你的名字命名的军舰"仲元号"。在广州、惠州、梅州等地，还先后建立以你的名字命名的学校、医院、图书馆、亭园、街道等。中华人民共和国成立后，中央人民政府亦追认你为革命烈士。你的故居、陵墓等，被当地政府列入文物保护单位名单，立碑保护，拨款修缮，并召开各种纪念会、座谈会，缅怀和学习你的英雄伟绩和革命精神。

不知你地下有知，会是什么心情？

我想告诉你的是，有一个细节让我刻骨铭心。即你在临终前，执意不肯说出凶手的名字，而你一定是看到了凶手的。你不肯说出，是怕身后有更多的血腥杀戮吗？是想以自己的性命结束仇恨吗？因为此，这一暗杀事件成了民国史上的一大谜团，始终悬而未解。而我，却由此看到了你的大气和英雄气概，更加敬重你。

我不知道邓姓在惠州是不是大姓，但因了你和邓承修的出现，邓姓在当地一定是响彻千古的。

今天的我，在惠州拜谒从前的你。你和你，还有你。虽然你们生在遥远的过去，光芒却从未熄灭，照耀至今，照亮了人世间无数颗平凡的心。

忽然想起被广泛引用的据说是纪伯伦的那句话："生命的意义，在于人与人的相互照亮。当闪闪发光的时刻到来时，我们对它的最高礼遇，就是记住。"

那就让我们铭记于心。

**2019 年 12 月 6 日惠州归来**

# 唯 有 祝 福

去汕头之前，我对汕头的了解，仅限于它是中国改革开放初期第一批经济飞速发展的经济特区之一，或者说，它是一个已经富裕起来的沿海城市。

去汕头之后，我不断听当地人说，汕头这几年发展的速度慢下来了，不及某地或某市了。当地人好像有些着急。

在一天又一天的参观之后，在一日又一日的耳闻目睹之后，我却有了完全不一样的感受。不管汕头眼下的 GDP 增长如何，我感觉汕头的经济正在稳步前进。

首先我想说，真正的发达地区应该是什么样的。中国现在很多的城市都已经拥有了一流的基础设施，摩天大楼、豪华商场、高铁站、地铁站、机场，以及方便的电子商务，其繁华程度甚至超过了欧美。但为什么我们依然是发展中国家？到底以什么作为硬性指标来界定发达国家和发展中国家？是国民生产总值、人均收入、文化程度，还是基础建设？

在这个问题上，我很赞同一个说法，即真正的发达国家，会不计成本地做三种付出：第一，不计成本地为弱者付出；第二，不计成本地为细节付出；第三，不计成本地为未来付出。

在汕头，我看到它在这三点上都有出色的表现，所以我说，汕头正朝着真正的发达地区在稳步前进。经济发展速度慢下来不一定是坏事，发展速度慢下来了，其他方面也许正在进步。调整一下发展方向，回望一下走过的路，可能会走得更稳当、更科学。

在汕头参观的第一天，就有好几处让我眼睛一亮。

先是在龙湖区新溪镇西南村，我们看到了一个新建的文明公园，甚至可以说，这是农民的公园。当地政府将一大片用于养殖或闲置的丢荒土地，拆迁整合后投入900多万元，建成了一个占地26亩的西南文明公园，公园里有文化观赏长廊、娱乐场所、体育活动中心。我们去时，公园已初具规模，既美化了乡村风貌，又为丰富村民的文化生活提供了一个好的平台。这样的举措，虽然提高不了多少GDP，却是实实在在的科学发展，因为它是在为底层老百姓做实事，为底层老百姓付出。

一个地区是否发达，还要看它的文明程度。文明的表现往往并不取决于强者的地位，而是看社会对待普通人的态度。

随后我们来到了刚开放的龙湖图书馆合胜分馆。这个图书馆开在了闹市区，在合胜百货的楼上，是汕头市首家走进商业综合体的公共图书馆。紧临图书馆有一个阶梯式大厅，这里原先是放映厅，现在将在此开办名师讲堂，举办阅读、朗诵等活动。在寸土寸金的黄金地带开设图书馆，让市民们在购物之余免费借阅图书，并举行读书交流活动。这样的举措，与那个文明公园一样，也是关怀普通人的表现。同时，这也体现了汕头的文化自觉。

这些年，我们国家在公共设施上的投资比原来加大了很多，比如公共厕所，很多城市的公共厕所都有了很大变化，不但宽敞干净了，也不再收费。我相信不久的将来，我们的政府还会在公共饮用水、公共运动场所和文化场所等方面有大幅度的投入。只有这样，我们才能真正迈向文明。

看到汕头能够率先建设公共文化场所，不为盈利而付出，不能不让人称赞。

其实，汕头还有一个更能体现为普通人付出的地方，我们没能来得及去参观，它就是"三元饭堂"。采风结束的那天，同行的女作家马晓丽去看了，感受很深。我听她讲了之后，上网查询了一番，也被深深地感动了。

三元饭堂，起初我从名字上理解，以为是3元钱就可以吃一餐饭。其实不是，它是完全免费的，且每餐饭的成本是6元钱。2016年7月，在汕头金平区乌桥街道和社会各界热心人士的支持下，一群热衷公益的汕头年轻人，在乌桥街道创办了三元饭堂，由社会人士捐款3元，三元汇爱心协会捐款3元，由三元饭堂做成一个成本为6元的盒饭，免费提供给孤寡老人、残疾人、贫困户和流浪人员等。经过半年多的运营，三元饭堂团队又将这一公益项目进一步推进，在老市区建了中央厨房。在义工和社会各界热心人的支持下，筹得善款22万余元，用于中央厨房建设。汕头的一家大公司捐赠了蒸饭柜，另一家公司每月固定捐赠1000斤大米，还有一位热心的潮商捐赠10万元，作为三元饭堂的维修储备金。2017年1月，装修一新的三元饭堂中央厨房在老市区正式对外开放。除了每日免费赠予困难户外，还每天提供50份盒饭给市民，按照6元的价格付费，所得均捐给饭堂运营。现在三元饭堂每日送出爱心盒饭400多份，开启中央厨房后，三元饭堂逐步增加爱心餐数量，最多可达每天1200份，逐渐将爱心善举辐射到整个汕头市。

多么了不起呀，这样的公益事业，比上市公司更让我敬重。

进一步了解后，我得知汕头向来有乐善好施的传统，免费送餐、免费凉茶、慈善超市在汕头的大街小巷随处可见，成为汕头家喻户晓的"慈善文化名片"。汕头有一家"存心善堂"，自2006年起就开设了免费快餐，向孤寡老人、残疾人、三无人员等困难民众发放三餐，每餐100份。据悉，这家存心善堂发放免费餐食的善举，早在清末就有了，如今已有近百年的历史。汕头还有一家"存心慈善超市"，以超市经营为途径发放"爱心卡",让低保户每月可在超市领到一定数额的免费物品。2016 年 7 月,存心善堂还在乌桥亨祠路增设平价店,每件商品大多3 元,以供贫困群众购买。

不过,我在感动的同时也有些担心,怕三元饭堂不能长久。因为我想起了一度在成都出现的"友善墙",即在寒冷的冬日,给市民们提供一个为贫困人群捐赠衣物的场所(即一面可以挂衣物的墙)。遗憾的是,这么好的善举却没能坚持下去。究其原因,我认为是政府没有介入,这样的举措仅靠义工是不行的。所以,我真心希望汕头各级政府能够支持并参与这一公益事业,将其作为市政建设的一部分,让其持久发展。在飞速发展的经济下,不忘底层,为弱者付出,才是一个好政府。

作为一个已经开埠 100 多年的沿海小城,汕头有很多精彩,我们参观了世界砗磲珍珠博览馆,见到了国宝级的古砗磲;参观了潮宏基臻宝首饰博物馆,见到了雕工精细的皇室饰物;参观了遇见赛先生儿童科技馆,跟机器人进行了对话。可以说馆馆精彩,令我们大开眼界。最丰富的当然是汕头博物馆,走进去便有一种穿越历史的感觉。原来,汕头早在 1860 年就对外开埠了,法国、德国、英国、日本都在汕头设有领事馆。美国的传教士在 20 世纪初就进入汕头传教。外来者虽然是为了获取,也有很多输入。早在 20 世纪初,汕头就有了很像样的小学和中学,还有海关、医院、酒店、会馆等。西方文明的进入,让小城有了大气象,也让汕头从一开始就有了与其他城市不一样的风格。

当顶着烈日来到汕头小公园历史文化街区时,我们对这样的城市风格便有了感性的认知。

一下车,我就被街边一溜排开的骑楼惊到了。虽然有防尘网围着,但依然能看到老楼的风采,顶楼上的西式阳台有着精细雕花的窗户,还有底楼结实的廊柱,真的太让人喜欢了。骑楼在闽粤一带原本是常见的,由南欧传入。但这里是中国面积最大的骑楼建筑群,是当年法国设计师根据巴黎街区的规划模式建设而成的。

骑楼的出现之所以让我惊喜，就是因为我去过的许多城市都是千篇一律的样子，一样的摩天大楼，一样的商业中心，一样的居民小区；眼前的景象却是如此独特，因独特而美丽。

更让我高兴的是，汕头正在对骑楼进行大规模的修缮工作，所以我们看到沿街的骑楼全部被围上了绿色的防尘网。这片建筑群建于20世纪初，历经百年风雨，已严重老化，部分建筑已成危房，不能继续居住了。所以修缮不是件容易的事，既要保持原貌，又要适宜今天的人继续居住使用，绝对是一项耗资巨大的工程。据当地负责人介绍，首期的改造工程就覆盖了3条道路，14万平方米，占整个片区的60%，余下的40%将在2018年启动。全面完成后，人们将可以穿越时光隧道，领略到百年骑楼的风采和百年商埠的繁华景象。所以无论多难，这都是一件值得去做、应该去做的事。

在我看来，这一修缮骑楼的举措，不但是为了今天，也是为了未来。这独特的建筑群是从祖宗那里继承来的，不应该在我们这一代结束。要想传给后人，今天就必须付出人力、财力去保护它。能为未来付出，不但是实力的一种体现，更是社会发达的一种体现。

平日走在街上，看到那些正在拆除的房屋总是慨叹：为什么这些楼如此速朽？20世纪七八十年代修建，仅四五十年就拆除了，有些才一二十年就拆除了。面对人家的百年老楼怎能不汗颜？所以今天的我们，要为未来付出，有一个观念必须牢牢树立，那就是建设的质量比速度更重要。没有质量的建设都是对资源的极大浪费，甚至是犯罪。若能在我们这代人的手中创建出优质工程，百年不毁，传给后人，就标志着我们真正走向了发达社会。

烈日下的骑楼建筑群，让我感慨万千。

为未来付出，还应该体现在软实力上，比如教育。

　　汕头有重视教育的传统,早在百年前就已经有了很上档次的学堂。今天的中国人很重视教育,但对很多人来说,这个重视还只是停留在上名校、读重点班上。在我看来,教育理念更为重要。

　　所以,当我走进新创建的广东以色列理工学院时,很是兴奋。我从介绍中得知,这所大学是由李嘉诚基金会、广东省政府和汕头市政府共同创办的,挂靠在汕头大学。它将是一所全新的大学。这个全新,不仅仅是新校园、新校舍,还包括全新的教学方式和理念。

　　以色列理工学院是一所享誉全球的理工类大学,有"以色列的麻省理工"之美誉。据悉,在以色列高科技公司的创始人和经理人中,70%以上毕业于以色列理工学院。所以,这样一所百年名校进入汕头,给汕头造成的影响将是巨大的。

　　首先是它的教师队伍,截至 2020 年广东以色列理工学院 60% 以上的教师由以色列理工学院派出,除此之外,将按以色列理工学院的标准在全球公开招聘优质师资,建设世界一流的教师队伍。据介绍,截止到 2016 年 12 月,广东以色列理工学院就收到了超过 1000 份的应聘资料,其中约 40 位已通过学校遴选委员会的审核,均为在知名大学获得了博士学位、在著名高校有过执教经历的专家及学者。

　　学校的领导机构也是全新的,董事会是最高决策机构,决定学校的一切重大事宜,并负责监督学校的运转,包括确保学校在教学和科研方面保持以色列理工学院的学术标准。董事会的成员主要由以色列理工学院和汕头大学的校领导共同组成,每届任期 4 年。

　　其教学方式也将是全新的国际化教学。广东以色列理工学院采用专业课全英文教学。学生在低年级阶段将接受严格的英语训练,使学生具备在英语国家的大学就读所需的同等语言水平。学生在 4 年本科学习期间,可到以色列理工学院修读暑期课程或进行一个学期的交换学习。全面引入以色列理工学院基于"知识三角"模式的办学战略,学生在学校不仅能学习工科的前沿知识，还将受到以色列"创业精神"的熏陶。其目标，是培养具有创新能力、全球视野、人文素养的卓越工程师和科技人才。

我们很荣幸地目睹了正在建设中的广东以色列理工学院，听着介绍，看着眼前正在修建中的教学楼、宿舍楼、实验大楼，真是为汕头高兴，为我们国家的进步高兴。我相信若干年后，它不仅能培育出一批新人，也一定能够提升汕头的文化品位。

短短5日，汕头让我看到了它的大格局，看到了它迈向发达社会的步伐，不负悠久文化。别无他念，唯有祝福。

**2017 年 6 月于成都**

# 远古飘来的红云

我少年时随父母入川，落脚在嘉陵江畔的重庆北碚。那里有一座缙云山。班里的团支部组织活动时，总会去爬缙云山。山上植被茂密，还有一座缙云寺。我去了若干次，却从没想过缙云山和缙云寺因何而得名。及至今日，当我要去浙江缙云县，得知缙云县也有一座缙云山，缙云县正是因此山而得名（《隋书》）时，我忽然很想弄明白：缙云山为何叫缙云山？不管是重庆的，还是浙江丽水的，它们的名字一定有个出处吧？

在网上东寻西看，发现了很多有趣的传说。其中一个说黄帝时有缙云氏后裔居此，故名。那缙云氏又为何叫缙云氏？再追查，原来黄帝那个时候是以云记事的，故官名都以云命名。青云为春官，缙云为夏官，白云为秋官，黑云为冬官，黄云为中官。（《汉书·百官公卿表》）这么一推，缙云氏的后裔，很可能是夏官的后裔。

回头想这五个官名，还真有意思。春天的云可不就是青灰色的吗？荫翳中透着些许明亮。夏天的云可不就是浅红色居多吗？有时候还会出现玫瑰色的晚霞和橘红色的火烧云。秋天可不就是白云居多吗？大团大团的云，白如雪。冬天可不就是黑云居多吗？裹着雨，夹着雪，密布天空。至于黄云，也许是被龙袍映黄的，想来那中官一定在黄帝身边。

再一想，古时的官名竟那么好听，好听到可以用来作为地名了。你就不能设想有座部长山、有条局长河吧？

不过我又有了新的疑惑，五种颜色的云都是官名，为何只有"青云"被用来比喻高官显爵呢？比如平步青云、青云直上。从来没人说缥云直上、平步白云吧？为什么呢？是青云更容易给人一种飞扬在天的感觉吗？但实际上，春天的云远不如秋天的云那么高扬飘逸。

搁置种种疑惑，还是说缥云吧。缥云，最常见的解释是赤色的云，但"缥"字，却解释为浅红色的帛，赤色和浅红色还是不一样的，好在都是红色。总之，缥云是红色的云，是热烈而鲜艳的。我脑子里带着这么一个印象，来到了浙江丽水的缥云县。

一见之下，不由得惊诧。风景优美自不必说，我们就住在仙都风景区里，推窗即可见山，还可见山上的传说：两座栩栩如生的人形巨石，扮演着传说中的婆媳。

让我惊讶的是，它那么静（并没有预想中的热烈）。那种静不是人烟稀少的静，而是一种可以触摸到远古气息、可以感受到岁月长河的静，静默中似乎能听到宋时的鸟鸣、唐时的流水声、明清的集市声。仿佛能听到唐玄宗惊叹出的那句"此乃仙人荟萃之都也"，一切仿佛就在昨日。

其实，那时那刻，外面的世界正喧嚣不已：人类首次拍到了神秘的天体黑洞；苏丹宣布已经逮捕总统，进入3个月紧急状态；"维基揭秘"网站创始人阿桑奇在厄瓜多尔驻英国大使馆被捕；华为宣布P30问世并以低价在国内销售；视觉中国陷入版权泥淖；西安奔驰车主霸气维权……几乎一小时一个热点，只要稍微看两眼手机，立马晕头转向。

可是，当你的关注点离开手机后，却发现眼前的世界与那些热点毫无关系，强大的宁静已屏蔽掉了尘世的所有嘈杂。田野里饱满的油菜花挤挤挨挨，夜以继日地成长，好溪边粗大的枫杨绿荫匝地，正值大好年华。溪水自顾自地慢慢流淌，鸟儿们随心所欲地鸣唱。沿着绿道走去，鼎湖峰、倪翁洞、小赤壁、独峰书院，一步一景。恍惚间，就穿越到了"把酒话桑麻"的世界。

这样的静，瞬间让我感觉已然置身于几百年前乃至 1000 年前的田野，仿佛一眼就看到了摩崖石刻的主人，仿佛听到了祠堂里传来的孩童的读书声，仿佛在路上遇见了上山打柴的樵夫，他告诉我他就是缙云氏的后裔……凡此种种，让我感觉很惬意、很享受。

尤其是走进那些古镇，徜徉在白墙青瓦之间时，这种感觉更强烈。比如各家门前都开满鲜花的干干净净的陇东村，比如充满原始气息如石头城堡一般的岩下村，又比如有着千年文化传承的河阳古镇。每到一处，你都可以随时驻足，可以得一山口进入："初极狭，才通人。复行数十步，豁然开朗。土地平旷，屋舍俨然，有良田、美池、桑竹之属。"

原来世外桃源始终都在。

尤其是河阳古镇，这个以宗族血脉为纽带、聚族而居的千年古村落，与我以往去过的任何古镇都不一样，让我在心生欢喜的同时，也心生敬意。这敬意并不是因为村口那排气势恢宏的马头墙，也不是因为保留至今的 15 座古祠堂、1500 余间旧第，也不是村里那座出过 8 位进士的八士门，也不是极具特色的民间剪纸艺术，虽然这些都很了不起。这敬意，是来自家家户户门前那些看似普通的楹联。

也许是春节刚过去不久吧，那些辞旧迎新的楹联尚未被风雨剥落，纸还是红彤彤的，墨迹还是清晰的。一望而知，不是统一印刷出来的，而是亲笔手书的。随意读几副，都比我在城里看到的"爆竹声中辞旧岁"或者"神州大地春回暖"有意思多了，也有文化多了。

向阳门第春来早，康乐人家燕去迟。

太平有象人同乐，天地无私物自春。

寻春再睹梅花色，颂岁先闻爆竹声。

春入春天春不老，福临福地福无疆。

花承朝露千葩发，莺感春风百啭鸣。

我一一走过，一一默念。这些楹联，与白墙青瓦，与雕花木窗，与鹅卵石小路，是那么和谐。我注意到，没有一家楹联上的文字是重复的，字迹也是各异。还有些人家的楹联虽然没那么工整，却生动有趣，能清晰感觉到主人是性情中人。

春早梅开雪生香，笑吟丰年酒一杯。

一派生机阳春有趣，满天异彩浩然腾胸。

有些人家不仅在大门上贴，在庭院里的柱子上也贴。本来楹联的"楹"就是柱子的意思。还有些人家贴的不是传统的新年对联，而是选用一些格言佳句写成的对联，突显了这家主人的向往和追求。

耕读传家诗书画，万里江山一纸中。

一脉真传克勤克俭，两行正事惟读惟耕。

种千钟粟足活心田，读万卷书才宽眼界。

敬而不怠满而不盈，清以自修诚以自勉。

限于篇幅，我无法把看到的楹联一一写出，但那些楹联带给我的感动却是那么深刻，如同缙云带给我的宁静一样。我从那些楹联里看到了两个字：文化。那是在不经意间呈现出来的深厚的文化底蕴。

我忽然意识到，所谓的文化底蕴，并不一定要卷帙浩繁的大部头来堆砌，也不一定要靠穿汉服、梳发髻来展示，而往往是体现在这些小小的、不经意的细节中，就好比一个人的教养并不在于他的学历或文凭，而在于他日常的举动一样。

河阳打动我的正是那些随处可见的细节，比如那几块名为"锄云""竹庵""台松"的匾额，那条取名为"答樵"（樵夫砍柴对歌互答之意）的路，还有这家家户户的楹联。我看到资料上说，宋元两朝，河阳古镇曾出过 24 位诗人，形成了盛极一时的"义阳诗派"。《义阳诗派》（八卷）等许多诗集至今还可查到。我猜想：这写楹联的，也许就是"义阳诗派"的后人吧？虽然已过去千年，文脉依然清晰可见。

感叹到此，我恍然就明白了缙云的那个强大的静源于何处了，正是源于这无处不在的文化底蕴。有了这样深厚的底蕴，方能挽留住岁月，穿越时空，与古人对话；方能抵御住尘世的纷扰，将珍贵的传统文化保留下来，再传承下去；也方能抬起头来就能看到远古飘来的红云。那红云悄然落在家家户户门前，成为楹联。

**2019 年 4 月缙云归来**

# 平顺"五宗最"

去平顺之前我一直在琢磨平顺这个名字，想不明白一个藏在太行山褶皱里的小山城为何取名为平顺。猜测一，人们把愿望用在了地名上；猜测二，在群山中刚好有那么一块平顺之地。

去了之后，我才发现这个名字与地势完全无关，和愿望倒是有那么一丁点儿关系。明朝嘉靖年间，一位被革职的官吏为反抗明王朝的赋役暴政，发动了据说有5万之众参与的农民起义，声势浩大，震撼三晋。但起义最终被朝廷平定了。随后，朝廷在起义之地设立县治，取名平顺。

虽然叫了平顺，但这个地方却一直不平顺。

先说"不平"，那是一定的，因为它在太行山南端，是典型的干石山区，高高低低，海拔落差1000多米。再说"不顺"，我从县史中看到，光是平顺县的归属，从嘉靖八年（1529年）到20世纪90年代，400多年时间里就变更了19次：一会儿裁县为乡；一会儿恢复县治；一会儿直属山西省；一会儿又划给长治市。反复折腾，直到1985年才确定隶属长治市。

虽然如此不平不顺，却给了我意想不到的惊喜和收获。简单归纳一下，可谓"五宗最"。

# 最惊喜

到达的第一天，我独享福利，在从北京新闻出版总署来的、目前在平顺县挂职副县长的章泽锋先生的陪同下，去了著名的、有着 1000 多年历史的金灯寺。

起初我还不想去呢，我对接待我们的平顺县文联申主席说，我对寺庙什么的不懂，没有太多兴趣，不如去看山。申主席用地道的山西话对我说这就是去看山，一路都是山。等我上路后才知道，你不想看山都不行，你就是走在山里的，不是上山就是下山，看到的不是前山就是后山。

天气很好，天空瓦蓝瓦蓝的，山川亮丽。我们沿着山路蜿蜒而上。行至一半，忽然看到车窗外出现了极为壮观的景色，章泽锋先看见，喊了一声停车。我大喜，立马开窗，将相机伸出去咔嚓咔嚓一阵狂拍。

湛蓝的天空下是碧绿的群山，有淡淡的白云从山涧涌出，在山腰上曼妙地舞着。看不到一座突兀的山峰，一眼望去仿佛平原。但那突然断裂的万丈沟壑，让你知道它们是山，它们是巍峨的山。之所以看不到山峰，是因为我们与山峰齐高。但即使与山峰齐高，你依然被震撼。那一刻我才发现，山也可以是平的，因为山就是站起来的大地。

更让我惊喜的是，原来我一直以为，太行山不过就是高高的土垣，连绵的山梁，雄浑质朴而已，却没料到它还如此俊美、潇洒、宁静、动人。

说来我也见过不少山、爬过不少山了，如峨眉山、庐山、华山、黄山、武夷山等，但它们都和太行山不一样，或者说太行山都与它们不同。难怪有人说，三山五岳汇太行，太行归来不看山。我觉得这话的意思并不是贬低五岳，而是说，从五岳归来，太行依然值得一看，依然能给你惊喜。

我可以做证。

# 最感动

一路向上，去晋豫交界的金灯寺石窟，行程一个多小时，全是弯弯曲曲的山路，不停地向上，海拔上升了大约 800 米。目力所及全是绿色的山，植被出乎意料地好，几乎看不到裸露的黄土，草是绿的，庄稼是绿的，漫山遍野的松树更是绿的。

已经深深爱上平顺的章泽锋一路给我介绍情况，他说这绿色的山可不是天生的，是后天造就的，非常来之不易，是靠平顺人坚韧不拔的精神滋养出来的。他让我仔细看路边的山崖。我从断裂处看到，那绿色的山，其实上面只有薄薄的一层土，下面全是石块，在这样的山坡上种树，所花的力气和心血是别处的数倍。章泽锋来自福建，我的老家是浙江，在我们那里，随便插一棵小苗就能成活，但是在这里，你先要用石块垒窝，然后在里面蓄土，然后栽树苗，然后挑水灌溉……不知要淌多少汗水下多少功夫，才能让那树成活。

我停车仔细看了一下，山坡上的每一棵树下，果然都用石块垒着，否则那么薄的土，树是无法扎根的。即使种下去了，不及时灌溉，也是会干死的，有的土窝里的树就没能成活。没成活的，第二年再栽。平顺人民就这样锲而不舍地一棵一棵地种，像爱护孩子那样去呵护树，才有了如今这漫山遍野的绿。

看着这来之不易的绿，我的心里除了感动，还是感动。

我不停地表达这种感动。章泽锋却说："你别急，好戏还在后头，等你 3 天行程结束了再发表感慨吧。"

我说："有了这第一天的行程，已经可以说不虚此行了！"

# 最意外

其实在平顺，让我意外的事很多，很难选出一个"最"，那就挑两个突出的并列为最意外吧。

一个意外是，平顺居然盛产花椒，而且平顺的花椒有个好听的名字：大红袍。我一直以为花椒是四川的特产，最多再加上贵州、湖北等，没想到山西也产花椒，而且山西的花椒那么红那么香。走的时候，主人送了我们一袋花椒，花椒用普通的塑料袋装着。因为箱子放不下，我就把花椒拎在手上，结果一路上都被花椒的香气环绕着，我还是第一次觉得花椒香呢。申主席骄傲地说："我们的花椒比四川的更好。"我这个来自四川的人，没话说。我当然相信，长在太行山上的花椒，一定有它的独特品格。

第二个让我意外的是，在平顺的山里，竟然也可以漂流，竟然也能观赏气势磅礴的瀑布。我以为山西大地缺水，山都是干干的石头山，却不料一路走去，有好几条水势颇为迅猛的河，有好几个从高崖上飞落的瀑布。我们来到太行水乡华野漂流区坐船漂流，这条被专家誉为"华北峡谷第一漂"的浊漳河，全长 200 多千米，有 68 米落差，河水最深处达 50 余米。河水丰盈，河岸的柳树、槐树在风中恣意摇曳，野鸭随处可见，甚至还有白鹤，秀丽赛江南。而红石坪的瀑布，更是蔚为壮观，那气势，那地貌，让我想起了著名的壶口瀑布。

不亲眼看到，真的无法想象。

# 最震撼

说到最震撼，估计每一个去过平顺的人都会与我的感受一致，那就是绝壁公路。没有什么比它更让人震撼的了，甚至用"震撼"这个词都无法诉说尽我的感受。

那天早上我们离开岳家寨去窑底村，那山路比头一天走过的还要险峻。所谓窑底村，就是四周群峰环绕、壁立千仞、形如井筒的村子。要去窑底村，必须翻越陡峭的山崖。虽然天公不作美，有些秋雨绵绵的样子，但陡峭的山势、险峻的公路依然让每一位作家感到兴奋而又心惊。

章泽锋给大家介绍说："我们将要走的路曾经被称为'三跳路'，即车在路上跳、人在车里跳、心在肚里跳。现在虽然平整多了，但还是很险。"我听了还有些不以为意，暗想：本人西藏、云南的险路都走过了，还怕走"平顺"的路？

哪知真的走上这条路后，才知道它的厉害。我感到了前所未有的胆战心惊。路很窄，最多 4 米宽，且没有护栏，且一个急弯接一个急弯，且全部都在崖壁上！我坐的位置比较靠前，眼见着开车的年轻师傅左一圈儿右一圈儿，不停地打方向盘，感觉那力度稍有不到位，车就可能冲下悬崖去！

下到山底，车停下来，我们下车仰视刚刚走过的路——必须仰视。老实说，那已经不能叫路了，因为它并不在大地上，而是挂在天上。而这样的路、这样的隧道，竟是平顺人民自己修建的，具体地说，是窑底村的农民用镐头、铁锹挖出来的！

为了修这条路，平顺人从 20 世纪一直拼命到 21 世纪；为了修这条路，平顺人付出了血的代价、生命的代价，没有钱，他们变卖家畜，甚至还有老人卖掉了自己的寿木。修路的故事很长很长，我就不复述了。如果想详细了解，可以读一下《大道平顺》这本书。

仰视挂壁公路，我感慨万端。从某个角度说，人的命运是天注定的。一个生在贫瘠土地上的人，与一个生在富饶土地上的人，肯定有着与生俱来的巨大差异。可是，人的精神，却可以通过后天的努力改变命运，获得平等、获得尊严。平顺人的精神，早已站在了太行山上。

## 最难忘

在经历了数小时的山路跋涉之后，我们来到了高耸入云的村庄：岳家寨。岳家寨原名下石壕村，全村的房子、墙、台阶，全是用石头建成的，据说冬暖夏凉。全村 38 户人家，97 口人。村子很安静，很安静。

村里家家户户都有苹果树，红苹果、青苹果挂满枝头，掉在地上都没人捡。但你若捡起来吃一口的话，会发现它非常好吃，有浓郁的果味，酸酸甜甜的，一点儿都不涩。因为它们从来不会被打农药，也不会被施化肥，真正地天然生长，纯绿色果实。

在岳家寨，天然可口的不只苹果，还有土鸡蛋，还有糯玉米。当天晚上我们都一一享用了。晚饭我们是坐在一个有房顶的大露台上吃的，菜和汤都是用柴火烧出来的，是真正的农家乐。

是夜，我们十几位作家被分别安排到几户农民家里住宿。这些年平顺正在努力开发旅游业，岳家寨的农民也在尝试，他们有空房子的都开了客栈。我们去的那家，还取了一个好听的名字：静雅居。那是真正的静雅，静得像在月球，雅得如水墨画。虽然睡在陌生的床上有点儿不习惯，但是我还是一觉睡到了天亮。早起出门，看到房东大妈正在扫院子，被雨水冲刷的石头地面干干净净的，还发亮。大妈不过是扫扫树叶。

这些年我去过很多地方，但还从来没有在这样的小山村住过，实在是太难忘了。唯一遗憾的是，我忘了带几个苹果走，到后来想吃也买不着了。建议岳家寨的村民，将苹果（还有土鸡蛋和糯玉米）简单包装一下，比如装到藤筐里，卖给游客。

依依不舍地走出山村，走上山路，再回头看，岳家寨真的像在仙境中一样。它们安静了百年，还将安静下去。

难忘，就不要忘。

# 相亲相爱的水

说来羞愧，作为一个浙江人，我竟然今年才去温州，更羞愧的是，我一直以为温州就是一个经济发达、商业氛围浓厚的城市，毕竟它是改革开放的前沿阵地、民营经济发展的先驱。没想到真到了温州，我看到的却是一个亲近大自然的山水之城，它不但面向大海，还有大小河流1000余条。瓯江、飞云江、鳌江、楠溪江……江江都美名远扬。当然还有山，除雁荡山、大罗山之外，还有仙叠岩、石桅岩、大若岩、灵岩、花岩……光看名字就让人向往。说山清水秀是远远不够的：山不只清，还俊朗奇美；水不只秀，还清澈宁静。山环水绕，气候温和，真真是一片上天赐予的美地呀。

尤其是那水，让我深爱。

温州三日行，我们一直沿着水走，不是江就是河，不是河就是溪，不是溪就是塘，不是塘就是湿地，不是湿地就是大海。水和水相连，水和水相亲相爱。而我们，也在行走中被水滋润着、激活着。

楠溪江的大名我早已耳闻。往远了说，南朝宋诗人谢灵运就吟诵过它，以诗歌为它点赞；往近了说，我有几位温州的朋友，时常把拍摄的楠溪江的美图发在朋友圈，大美的风景让我印象深刻。

我猜想它最早是一条溪，渐渐变宽变深，成了江。看介绍说，楠溪江有 36 湾 72 滩，干流全长约 140 千米，是典型的河谷地貌景观，物种丰富，群落多样，生态系统保存得比较完整丰富，所以它还是世界地质公园。

见到后，惊到我的不是它的风景，而是它的水，竟如此清澈！清澈见底！我们在江上坐竹筏，一低头，可看到水下的鹅卵石的纹路。正逢浅水时节，江面波平如镜，时宽时窄。但无论宽窄，都清澈如婴孩的眼睛。我忍不住说：水怎么可以这么清？它是怎么做到的？

毕竟这江就裸露在天空下，夹在滩林中。我们顺流而下时，还见到了一群群鸭子。江面上时有白鹭飞过，岸边还匍匐着许多善抓鱼虾的鸬鹚；河底有鱼有虾，河边有蛙有虫。据科学家考察，楠溪江水域的两栖类动物十分丰富，多达 20 多种。如此丰富的动物和植物簇拥着它，它竟依然那么清澈，难道它每日"三省吾身"，在自我净化吗？

彼时夕阳照临，河水如金色的缎带蜿蜒飘动，对我的讶异笑而不语。"叠叠云岚烟树榭，弯弯流水夕阳中。"在那一刻，我仿佛穿越千年，与谢公感同身受。

于是我猜想，楠溪江的水，一定是相亲相爱的，因为爱而纯净。


仙岩的梅雨潭，因朱自清而成了"网红"。一篇《绿》让"梅雨潭"3 个字穿过蒙蒙雨雾，在人间熠熠闪亮。

潭水虽深，观赏却须登高，因为它在大罗山上。大罗山是一座平地拔起的山，处处峻崖陡壁，水源充沛，故形成了很多瀑布潭。其中梅雨潭最有特色。清代文学家潘耒在《游仙岩记》中云："常若梅天细雨，故名梅雨潭。"也许这就是梅雨潭名字的由来吧。

我们拾级而上，微微喘息时听见了水声，随即眼前一亮，便见到了飞流直下的瀑布和瀑布下那汪碧绿的潭水。"那醉人的绿呀，仿佛一张极大极大的荷叶铺着，满是奇异的绿呀。"是。我默然颔首，朱先生所言极是。

我们驻足于梅雨亭下。此亭为明代政治家温州人张璁所建。亭和潭遥遥相对，我们亦与潭遥遥相对。见瀑布或大声告白，或低声倾诉，都被潭水一一揽入怀中。那潭仿佛一口墨绿色的染缸，雪白的瀑布跌落下去，瞬间就变成了绿色。绿如墨，即使最名贵的翡翠，也无法和它媲美。秋日的阳光热烈而耀眼，仿若在给潭水着色。

我想起曾经见过的大瀑布，如尼亚加拉大瀑布、黄果树大瀑布，它们都以大声喧哗而闻名于世，水声惊天动地，水下汹涌湍急。而梅雨潭却以安静低调的姿态独具魅力。我相信每一个来到梅雨潭的人，面对它，都会安静下来，从瀑布声里，聆听到最深的静。

于是我猜想，梅雨潭的水，是相亲相爱的水，因为爱而深邃。

我一直以为，一个有湿地的城市是幸福的，天然地多了一个肺，多了一个氧吧，将城市之心养育得洁净而富有活力。所以，当到达酒店，拉开窗帘，扑面而来的不是高楼大厦，而是一大片湿地时，我真是惊喜不已，呼吸也顺畅起来。

第二天我们就去湿地游览了，湿地的名字叫三垟。

我们坐在船上，船行驶在氧吧中，目力所及，都是湿地的孩子：芦苇、菱角、柑橘树、柿子树、美人蕉、白鹭、野鸭，还有看不见的鱼、虾、蛙、虫。那句耳熟能详的"水是生命之源"在这里得到了最好的诠释。

船上的导游姑娘介绍说，三垟湿地规划总面积 11.66 平方公里，湿地内河流纵横交织，密如蛛网，有 160 多个大小不等、形状各异的"小岛屿"。我猜想从空中看，一定很美，如一张吐故纳新的绿色网。

我们的船绕岛而行。岛上最醒目的便是柑橘树了，树上已能见到果实，是当地人非常喜爱的瓯柑。据说瓯柑易于保存，初冬时节采摘，可以放到第二年端午再吃，而且那个时候的瓯柑会甜如蜜。

忽然，一棵巨大的树映入眼帘，好似水中撑起的一把绿色的巨伞。惊叹中听导游解释说，那是一棵已达 290 岁高龄的香樟。啊，真是大爱。作为一个爱树的人，我仿佛得到了意外的馈赠。船近了，才看出树是在一个小小的岛屿上，树下有白墙。奇异的是，树的一半是浅绿色，一半是深绿色，是不同的树种长到了一起，还是同一棵树因为光照不同而改变了颜色？

答案在此时并不重要，重要的是这棵百年老树也是湿地的孩子。它让它的母亲更加德高望重、宽广而深厚。

于是我猜想，三垟湿地的水，一定是相亲相爱的，因为爱而宽厚。


终于看到了大海。

当我们抵达洞头时，水以最壮阔的形态出现在我们眼前。

在水的种种形态中，海水毫无疑问是最深的水、最广阔的水，同时也是最与众不同的水。它对人类的养育与江河湖汉不同，虽然既不能饮用，也不能灌溉，却以它的方式滋养了数千年人类文明。

所以，我对海始终心存敬畏。

到了洞头，我才知道中国的海岛区（县）中浙江就占了好几个，而我竟然只去过南澳和舟山，现在加上洞头，总算有 3 个了。

洞头有 302 座大小岛屿，被称为"百岛洞头"，也被称为"海上花园"。我们登上望海楼，一望无际的海面风平浪静。我忽然想：人们对山，总喜欢它千曲百回，巍峨崎岖；人们对海，则希望它平铺直叙，不动声色。这大概就源于敬畏。

从大海上收回目光，回首，南边是洞头渔港和半屏山；东边是洞头的新老城区；而西面则是 7 座跨海大桥，7 座！曾几何时，从陆地到洞头，是必须坐船的。现如今，七桥飞架南北，也飞架东西，将洞头与温州连成一体，将温州延伸到了大海之上。

早年的温州，大海是大门。温州人不安于过穷日子，从这里走出去，漂洋过海去打拼。常听人说，世界的每个角落都有温州人，勤劳、聪明、务实、敬业、爱家、抱团。一俟改革开放的春风吹拂，温州人即刻抓住时机，转身回到陆地，大干一场。有了好政策，他们无须再漂洋过海，他们在自己的土地上实现了梦想。

如果说江河湖汊是母亲，那么大海就是父亲。母亲给了温州人温暖的怀抱，父亲给了温州人坚固的背脊。说到底，它们都是生命之源。不只是人类的生命，还是动物、植物，甚至万物的生命。

离开洞头，我们的车在跨海大桥上疾驶，如低空飞行般贴着海水。海面依然风平浪静，不动声色地为我们送行。或许不动声色的爱，才是最博大的爱。

于是我猜想，大海里的水，一定也是相亲相爱的，因为爱而博大、而精深。

告别温州时，想起了孔子的那句名言：仁者乐山，智者乐水。可不可以反过来说：山让人仁慈，水让人智慧？我以为是可以的。那么，有山有水的温州人，必是聪明而善良的。

如此，我祝愿那些山、那些水，永远相亲相爱。山与山相爱，水与水相爱，山与水相爱。山水与人，则相敬如宾。

**2019 年 10 月 7 日温州归来**

# 源自山野，源自心灵

　　我一直声称是个热爱植物的人，走在路上，见到的花草树木总能认出个八九不离十，虽然家里没有花园，但我也喜欢种植。但这次来到衢州龙游，却被无比陌生的植物难住了两次，很羞愧。

　　一次是在龙游县博物馆。看到展板上介绍说，在龙游海拔 1500 米的山上，有锥栗、檫木和短柄枹栎。这三个树名我都是第一次听闻，字都认识，放在一起却很陌生。羞愧的同时我不免有些好奇：为什么龙游的山上会有这些少见的树？难道是因为龙游是个移民城市，这些树也是"移民"而来的？

　　第二次是两天后。在龙游皮纸的非遗展示馆里，我又见到了几种非常陌生的树名：青檀、雁皮、山桠皮，以及楮，顿感自己对植物实在是知之太少了，不要说见，连听都没听说过。

　　更让我意外的是，它们都是造纸的珍贵原料。

　　原先我一直以为造纸的原料无外乎麻、竹、藤、芦苇以及麦秸之类的，是我们生活中常见的，却不料在这里被更新了。造纸的原料，尤其是造宣纸的原料，竟然大多都来自树，具体来说，是来自树皮。故而龙游的宣纸，有"皮纸"之称。

　　在此之前，我脑海里能把树皮和纸联系在一起的，只有桦树了，白桦或者赤桦。在遥远的大兴安岭，人们会在桦树皮上写诗并送给心爱的人。因为桦树皮一层一层剥离后，很薄很光亮，可直接书写。但那不是纸，只是树皮。真正的皮纸，是将树皮经过九九八十一道关的打磨之后，生产出的真正的纸，即"皮纸"。

自古以来，我们的祖先就尝试过用各种原料造纸，高档的如丝帛，低端的如稻草，甚至也用过破旧的渔网，渐渐地就找到了既能制造出优质纸张、成本又不至于太高的原料。浙江的造纸业很早就发展起来了。我曾在温州瑞安参观过保存完好的古造纸作坊"六连碓"，那里造纸的原料就是漫山遍野的竹子，不过生产出的屏纸只能作为生活用纸，不宜书写。西晋时，我的老家剡溪就盛产藤纸了，其原料取自剡溪的古藤，因此也叫剡藤纸。到了唐朝，衢州龙游就已经生产出了纯皮纸，原料完全取自树皮，因质地优良被作为贡品进贡给朝廷，用于书写诏敕、经书。

我不知道是谁最先开始用树皮造纸的，只知道龙游皮纸的历史已有上千年。清末时，龙游的造纸业已成较大规模，山农们为了谋生，都以制作手工纸为业，一时间纸槽作坊和槽工很多，造纸业兴盛。

中华人民共和国成立后，纸槽作坊纷纷成立了合作社，再后来发展为纸厂。龙游皮纸渐渐有了名气，最多时有 7 家宣纸厂，全部是生产传统手工皮纸的，但因种种原因，如今只剩一家了。

我们冒着大雨来到这家皮纸厂，很遗憾，没能见到赫赫有名的龙游皮纸传承人万爱珠。她已年逾 70，依然每日忙碌奔波，是一位将自己的一生都与皮纸联系在一起的国家级工艺美术大师。还好，我们见到了她的女儿徐晓静。

在皮纸传承人的谱系图上，我看到了万爱珠和徐晓静的名字，一位是第四代传承人，一位是第五代传承人。但徐晓静与前几代皮纸传人有很大的不同，前几代或者与她同代的皮纸工艺师，都是土生土长的工人，唯有她是受过高等教育（毕业于华南理工大学）的新一代。她不仅是皮纸工艺的传承人，还是高级经济师。

徐晓静告诉我，他们生产的皮纸，全部是以本地的青檀皮、山桠皮、雁皮为主要原料，以稻草、龙须草为主要配料，采用的是延续了千年的古老手工技艺。这种纯手工制作出来的皮纸，细腻柔韧，纹理纯净，性能上与宣纸相似，但韧性更强、更优质。

之所以如此，我猜想是因为它的原料取自树皮，吸收了来自山野、来自天地间的精华。

我认真查了一下这几个难倒我的植物。青檀是比较稀有的树种，高大挺拔，浑身都是宝。其茎皮、枝皮是制造宣纸的优质原料，主干坚实耐磨，可做家具及农具，种子可榨油，叶子还是中药材。雁皮自然不是大雁皮，而是常绿或半常绿灌木，既可造纸，也可入药；楮就是构树，这个我倒见过，阔叶，叶子可食。相比之下，山桠皮要矮小些，和我们常见的常绿灌木很像，同样是既可造纸，也可做中药的植物。

我很喜欢纸，见到好纸就爱不释手。但我也很爱树，想到要把树皮剥下来造纸，心里不免有些嘀咕：剥了皮的树还能好好生长吗？山野里的树会减少吗？青檀、山桠皮会慢慢消失吗？

徐晓静的讲解消除了我的疑虑。原来，目前他们生产的皮纸，主要是以山桠皮为原料。青檀、雁皮、楮等，用得已很少了。而山桠皮，也不是一味地去山野中获取，而是进行人工种植。他们有8万多亩原料基地。一旦原料有了保证，皮纸产业便能可持续发展。

让我高兴的是，种植山桠皮不仅为造纸提供了原料，也为山农们增加了收入。山桠皮种下3年后即可获益，将成熟的山桠皮枝条砍下后，老桩会继续发芽生长，每年都可再次获取。

当然，即使有了丰富的原料，从树皮到纸，还要经过砍条、蒸煮、刮皮、洗涤、匀浆、压榨、烘焙等30多道工序。而这些工序所用的生产工具全是传统器具，如铣山刀、刮皮刀、择皮帘、塘耙、鬃刷、焙笼，还有帘床档、槽角等。其工艺流程也全部手工完成，漫长、繁复、精细。比如捞纸，一双手拿起帘架慢慢探入水中，然后不缓不疾地拎起，让纸浆在帘架上均匀排布。再将湿纸从纸帘中轻轻分离。这个过程，全凭手感。每一道工序，都需要耐心，需要韧性。

这样制作出来的书画纸，着色鲜艳，墨韵清晰，润燥自然，能独到地体现传统纸文化的特色，因而赢得了"纸寿千年"的美誉。它不但作为高档书画用纸，还被用于故宫古籍的修复，并且远销海外。

龙游皮纸的第一代传承人生于1831年。也就是说，可考的历史已近200年。但出现飞跃却是在万爱珠时代。

徐晓静说起母亲，语气里满是自豪："我妈妈的荣誉和头衔太多了，我都记不全。今天她带着我们新出的宣纸去参加工艺美术协会的会展了。"

万爱珠自21岁做学徒开始，就爱上了这一行。她跟着师傅一点一滴地学，很快就熟练掌握了龙游皮纸制作的各个环节的技术，20世纪90年代，年轻的她就成了皮纸厂厂长。后来企业改制时，她担心皮纸业不能很好地传承下去，便多方筹资将龙游皮纸厂买下来，带领工人扩建厂房，创研新品，振兴皮纸业，短短几年便得以发展壮大。

最重要的是，万爱珠没有停留在传承上，而是在坚守古老工艺流程的基础上，改进了工艺和配方，不断推出新品。新品增强了皮纸的生命力，给企业带来了生机。其中一个新品还跻身于中国文房四宝十人名纸。

对这位无缘谋面的大姐，我充满了敬意。

2011年，龙游皮纸制作工艺入选浙江省非物质文化遗产名录。同年，又被列入国家级非物质文化遗产名录，是当时龙游仅有的国家级非遗项目。2018年，龙游"皮纸制作技艺"成功入选第一批国家传统工艺振兴目录。万爱珠和皮纸工匠们的心血，渗透到薄薄的皮纸中，让厚重的千年纸文化得以传承。

走出皮纸厂，雨过天晴，满眼不只绿色，还有红色、黄色、棕色、白色。龙游的植被的确是丰富多彩的，那些我认识的、不认识的树木，那些高大的或矮小的植物，都郁郁葱葱，充满活力。

我忽然想，龙游皮纸的韧性，不只来自山野，还来自心灵。正是万爱珠、徐晓静这样的古法造纸传承人，将她们血液中坚韧不拔的性格融入了皮纸中，才令皮纸有着与众不同的韧性。

既源自山野，也源自心灵。

**2022 年 7 月初**

# 一滴水落入青山村

听到黄湖镇青山村这个地名，我脑海里马上出现了一幅画，画里有山、有水、有色彩，便满心期待起来。不过，期待的同时，又有些隐隐的担忧。这些年我也跑过不少山村。中国的许多山村，远观很养眼，青山绿水环绕，田野农舍古朴；可是一旦走近，就会发现很多无法入眼的地方，比如四处流淌的污水，比如随意倾倒的垃圾。至于那些环绕村庄的河流，要么枯了，要么垃圾漂浮。我曾多次听人感叹，我老家的河小时候是可以游泳的、可以捉鱼捉虾的，现在却散发出阵阵臭味。于是我暗暗担心：青山村不会也如此吧？

从萧山机场到余杭，再到黄湖镇，再到青山村，天已经完全黑了，很想马上走进一个温暖的房间。可车子进村后仍一直蜿蜒向前，十几分钟都没抵达我们将要居住的民宿。青山村竟如此大，我在心里惊叹。夜幕中，路两旁的房屋默立着，有整齐干净的石头墙、结实的木门，还有墙上门边种植的花木。路面很清爽，没有泥泞和垃圾。

不知怎么，我想起了在日本见到的民居，心想这青山村看来的确与众不同。

青山村与众不同的感觉，第二天就更强烈了。

我们来到青山村龙坞水库，听主人讲解这水库的前世今生。龙坞水库被四周的青山环绕着，很宁静。远观，可以看到水面上还浮着几只水鸟，悠闲自在；近看，水面明亮如镜，看不到一点儿垃圾。空气中弥漫着江南冬日特有的湿冷，但十分清新。

我问：有没有早年龙坞水库的照片？

我是想对比一下，从前这里是不是脏乱差。

但回答是，从外表看，水库和原先差别并不大，变化的是水质。目前它的水质已达到Ⅰ类，超过了千岛湖的水质。

我暗暗咋舌：千岛湖的水，那可是生产农夫山泉的水。可见龙坞水库的水质有多么好。

曾经，这里的水是被污染的水，几项指标均为Ⅱ、Ⅲ类。而水质的改变，比清理垃圾要难得多。这巨大的变化，是怎么发生的？


也许一切要从5年前说起。

2015年，一滴水落入青山村。

这滴水来自海江，他的名字叫张海江。

张海江，便是那位站在龙坞水库边给我们做介绍并回答我们问题的青年。2015年，他作为大自然保护协会（The Nature Conservancy，TNC）的公益人，来到青山村，开始了他的治水之旅。

这位生于1988年的青年学者，从海外留学归来，高个子，肤色微黑，散发着由内而外的健康气息。不知怎么，看到他，我马上想起了2019年在广东惠州见到的另一位青年胡伟和，他和妻子一起从日本留学归来后，在惠州乡下创办了"田园邦"，以田野为课堂，为城里的孩子提供了一个学习大自然、树立环保意识的平台。

看到这样的青年，就是遇见了未来，美好的未来。

当我渐渐了解了张海江，看到他一路的足迹时，我发现他的路很符合他的名字，几乎是沿着水在走，每一步都被水吸引着。

童年的张海江，生活在干旱缺水的兰州，沙尘暴是兰州这个城市的常客，那时候水在他的眼里非常珍贵。他曾经跟着父母，利用周末徒步将黄河水背到山上，去浇灌他们家认领的树苗。当时政府鼓励市民在山上植树，以对抗沙尘和水土流失。这在他幼小的心里刻下了深深的烙印：万物生长靠太阳，其实万物生长更离不开水。

高中毕业后，张海江考入中山大学。从西北走进南国，最让他惊喜不已的，就是南国那丰沛的雨水和郁郁葱葱的植被。他在水的滋润中度过了 4 年的大学生活。

原来，水可以这样充盈。

2012 年，张海江远赴美国印第安纳大学求学。当他走进那个美国小城时，水再次刷新了他的认知，学校的水龙头里淌出的自来水，是可以直接饮用的！

原来，水还可以这样纯净。

他感到震惊，由此对当地的环境保护产生了极大的兴趣。他为此驱车 30 多公里，专程去了当地的水源地门罗湖。

蓝天下，门罗湖的水清澈得如孩童的眼睛，四周空气清新，大片的森林环绕着门罗湖。作为环境科学专业的学生，他知道这种优质的水源一定离不开保护良好的植被，正是这些维持生态平衡的森林，才能够涵养如此洁净的水源。

此后，张海江一次次远行，去到了美国更多的水域做调研，从最北方的五大湖区、尼亚加拉瀑布，到佛罗里达的大沼泽，再到波士顿静静的查尔斯河。

沿着水走，张海江对水的认识越来越深刻了。水，不仅仅是化学上的 $H_2O$，更是影响着人类生活方方面面的重要元素。水代表着生命和生机，是一切生命体系的能源。人们一刻都离不开水，却很少意识到它的存在如同空气。只有当水缺乏的时候，只有当水影响到人们的健康时，人们才会意识到它的重要性。

随着学习的深入，张海江还了解到，美国在飞速发展时期一度也发生过严重的环境污染，空气和水的污染，导致食品污染，人们的生存质量急速下降。从 19 世纪 30 年代开始，美国用了很长时间来治理和保护环境，才终于使环境得以改善，重归清洁。

这让他想到了自己的祖国。中国在飞速发展，给中国治理环境的时间不可能那么久。中国需要思考的应该是在未来 20 年内如何让环境变好，如何在保护好环境的前提下发展经济。

他暗暗下定决心，学成后一定要为祖国的环保事业效力。

其实还在读书时，张海江就开始了环境保护的社会实践。他曾专门休学半年，去四川平武县老河沟自然保护区做志愿者，那里是大熊猫的保护基地，是中国第一个社会公益型保护地。他用所学到的知识，致力于保护区科研标准化和保护区全面管理制度的建立。虽然生活艰苦，他却满心欢喜。那个时期的社会实践，不仅让他意识到环保的重要性，更让他惊喜地发现，自己喜欢这样的工作，享受这样的工作。与大自然在一起，让他由衷地快乐。2016 年，当他付出过汗水和心血的老河沟社会公益型保护项目获得了英国精英国际奖时，他备感自豪。

2015 年，张海江从美国印第安纳大学毕业，怀揣着公共事务管理和环境科学两个硕士学位回到了祖国，毫不犹豫地选择了大自然保护协会公益人作为自己的职业。

第一份工作，便是在青山村龙坞水库。这个水库，是大自然保护协会和阿里巴巴公益基金会以及万向信托共同签订的中国乡村水源地保护项目之一。

从美国回到中国，从北京来到杭州，再从杭州来到黄湖镇青山村，张海江丝毫没觉得自己是从大世界走进小角落，相反，他感到很开阔，很熨帖。他在朋友圈抒发自己的心情。

"我曾经像一只穷途末路的兔子，在废墟里奔波，在钢筋水泥森林里穿梭，生活好像一堆闷烧的柴火。直到有一天我来到了一个地方，听见鸟鸣、看见森林，我知道这里就是我的归属。"

张海江在这里开始了他的水之旅。

龙坞水库，是青山村和相邻的赐璧村约 3000 人的饮用水源地。从外表看似乎还不错，龙坞水库和他曾经探寻过的门罗湖有几分相似，也是青山环绕。但科学检测的数据告诉他，这里不是门罗湖，这里的水质已被污染，其重要原因就是周遭的环境被污染了。

就我所知，与雾霾相比，土地的污染更为严重，同时又不易被察觉。在中国经济飞速发展的几十年里，在农民富起来的几十年里，为了粮食和经济作物的不断增产，大量使用化肥和农药，早已令土地不堪重负。水库周边的山林也是如此。山林的污染，又导致水库的污染，水质日渐下降。

水源的污染，直接影响到人们的健康，一些地方还因此发生了怪病，触目惊心。人们有了钱，却付出了健康的代价：难以饮用到干净的水了。这代价非常惨重。

张海江为这样的现状感到痛心。但他也知道，正因为水质有问题，水源才需要保护，这里才需要他。

工作伊始，张海江遇到的第一个困难是沟通。

青山村的村民们第一次看到城里的海归大学生为了保护水源，无条件地到乡村来工作。他们无法理解，觉得不靠谱。会不会只是一时新奇？会不会有其他目的？

张海江诚恳地向村民们解释，努力地宣传环境保护的重要性。可是，他听得懂西北话，也听得懂英语，却很难听懂江南的吴侬软语。

这时候，村主任向他伸出了援助之手。

村主任王康云是一名退伍军人，见过世面，思想开通，当然也会讲普通话。之前他一直承担着村里的水电维修工作，很熟悉村民的情况，也很热心公益。当他得知张海江来此地的目的是保护水源后，非常支持，成为张海江最坚强的后盾。

张海江在村主任的陪同下，走家串户，去调查村民们在水源地的生产经营行为，以及生活方式。只有掌握了这一切，才能制订出保护计划，才能找到开始的切入点。村主任不仅给他当翻译，还帮他收集数据，说服村民一起加入环保项目。

张海江这滴水，终于开始融入这片土地。

如前所说，要有好的水源，必须要有好的生态环境。

浙江省总共有2万多个农村小型饮用水源地。多年来，因为水源地周围逐渐开展农业生产，为了提升效率，除草剂代替了人工除草，化肥代替了自然肥，导致土地污染，进而影响到水源地。

4个月的调研，张海江渐渐找到了龙坞水库周遭环境被破坏的原因，大都与村民的生产、生活方式有关。其中一点让我大感意外，竟然和冬笋有关。

以前我只知道杭州人很喜欢吃冬笋，不管多么昂贵，过年的餐桌上都少不了它。但我却不知它是怎么来的。原来，竹笋如果自然生长，应该在春天才会破土而出，只有很少量的会在冬天冒头。人们为了在冬天挖到更多的笋，便用大量的化肥去催生，让本来还在冬眠的笋提前在冬日破土而出。这种非自然状态下的生产经营行为，对山林的污染是很严重的。而水库四周有 1600 亩毛竹林，污染是可想而知的。

找出了原因，便要出台相应的保护方案，即要对水源地龙坞水库四周的森林进行林权流转以集中科学管理，以达到生态修复的目的。

所谓管理，即不再使用除草剂，对毛竹林进行人工除草和灌木清理；所谓修复，就是不再折腾它，让它顺其自然，恢复原来的样子。大自然原本有自我修复能力，一旦恢复到自然生态，就能为水源提供好的环境。

在阿里巴巴公益基金会和万向信托（二者都是大自然保护协会的长期战略合作企业）的支持下，成立了"善水基金"信托，以水基金运作的方式，确定了水库的保护方案。方案既要达到环保的目的，又要保障村民的利益。

这是中国的第一个水基金信托，第一笔的 33 万元由万向信托捐赠（此前的公益投入则由阿里巴巴公益基金会捐赠）。通过水基金信托这种模式，可以达到三个目的：第一个，集中管理山林后，停止农药和除草剂的使用，逐步恢复环境清洁，每个季度请省环境监测中心进行监测。第二个，对水库下游的绿色产业进行整合，让资金回流，以便拥有稳定的资金持续做好水源保护，而不是依赖捐赠。第三个，农户通过水基金信托得到补偿金，再参与社区其他工作，并开展生态农产品生态旅游等，在这个过程中更加理解环保的意义，逐步树立起环保型耕种概念。

村主任王康云带头加入了水源保护项目，除了每月有 800 元补偿金外，他家的 8 亩毛竹通过流转，年收入也有 4000 元左右，比原先自己经营时提高了 10％。他还开起了农家乐，日子越过越红火。他深深感到环保是一件既利国利民又利己的事。

说到底，环境保护最重要的就是转变观念。

几年来，张海江一遍又一遍地向人们宣传着：当我们轻松地拧开水龙头接到干净的自来水时，必须知道它的背后是巨大的生态系统在维持着水的平衡和循环。自来水并不是自来的，它来之不易。如果每个人都能树立起环保观念，养成一些最简单的习惯——节约用水、不随意丢生活垃圾、减少食物浪费、减少使用一次性用品，就可以大大降低水源的污染风险。

经过3年的努力，青山村龙坞水库的水质，终于恢复到了国家 I 类，超过了千岛湖的水质。从浙江省环境监测中心的大数据来看，这里是杭州市50公里内最好的水源地之一。之后，龙坞水库约2600亩汇水区，便正式被余杭区林业水利局划定为饮用水水源保护区，从村级水源正式升级为法定保护区。

这让张海江非常激动。所有的辛苦，所有的付出，都值了。

但他并不满足。从长远发展来看，环境保护事业，仅靠公益组织和政府去做，是远远不够的，仅靠志愿者参与，也是远远不够的，必须让这片土地上的所有人都加入其中，要让大家把环境保护当成自己的事。张海江由此提出了"众创共治"这个观点。

凭借青山村与杭州市距离非常近的优势，他们和阿里巴巴公益基金会一起建立了阿里公众自然教育基地，推荐阿里的小伙伴到青山村来做志愿者，砍竹子、除草、改造农田、厨余堆肥……这些都成为阿里小伙伴的公益体验项目。几年来，他们已经完成了超过100场的志愿者活动，有2000多人次加入。阿里的小伙伴的加入，又带来了其他企业的加入，张海江自豪地将这个方式称为"公益团建"。迄今为止，已经有30多家企业将青山村定为其团建目的地，定期开展活动。

张海江的理想，是将青山村建成生态村。这个生态村并不是传统意义上的农耕村落，而是在现代化的基础上建立起来的新型生态村。

为此，他和伙伴们开展了4大主题的创建：传统手工艺和文创、自然保护和教育、生态旅游休闲度假、亲近自然的体育赛事。四大主题兼容并包，相辅相成。2018 年，由废旧礼堂改造而成的"融设计图书馆"惊艳亮相；2019 年，由荒废的小学改造而成的青山自然学校正式开学。一些文旅企业也将发展方向转向了青山村。仅 2019 年，青山村的集体收入就达到了 66 万多元，比上年增长了 50%。

张海江在实践中体会到，要持续发展环保事业，必须启动商业模式，以环保养环保。目前他们已经有了 5 个板块：农产品、公益团建、自然教育、节庆活动、研学产品。这几年，水基金的费用都是通过这些商业产品获得的，已能够做到盈亏平衡。

真是非常不易。

张海江告诉我，2021 年，水基金还会有一部分资金来自用水居民的捐赠，即启动受益者付费机制。这真的是一大进步。我们每个人，都应该为自己的健康买单。

一滴水带来了涓涓细流，涓涓细流又将汇成大江大河。

今天的张海江，已经成为青山村的新村民。

其实他早已是青山村的村民了，青山村的村民早就把他当成"我们村里的年轻人"了。

就在我们去的那天（2020 年 12 月 8 日），他和 50 多位自愿来到青山村创业和生活的青年，其中包括十几位博士、硕士，还有一对德国夫妻，正式举行了入村仪式。

我和作家们一起见证了这场新鲜、生动、别开生面的入村仪式，老村民准备了热气腾腾的糕点，新村民戴上徽章，人手一册《新村民手册》，手册里有村规民约、生活指南、人才政策等。他们还签下了承诺书，立志做"有格局、有情怀、有才能的未来村民"。

作为娘家人，黄湖镇和青山村还为新村民提供了各种贴心服务，包括安家补贴、子女教育、公共食堂、青年公寓等。

青山村越来越有活力，越来越年轻了，因为年轻和活力而充满了诗意。这，就是我们希冀的未来乡村的样子吧。

张海江这滴水，已和这片土地融为一体了，滋润了土地，又被土地滋润。他在村里工作、生活、学习，他在村里劳动、跑步、摄影，他还在村里通过互联网和世界各地的同道开会，随时了解环保新课题。他自在得就像是田野里的一株草、水库里的一条鱼、山林中的一只鸟、村庄上空的一朵云。

他太热爱这样的生活了，因为那正是他的梦想。

"我多么希望我能成为这生生不息世界中的一分子，哪怕是张开翅膀飞向太阳的小甲虫，哪怕是岩石上的一块青苔，哪怕是静静结网的一只长脚蜘蛛。我多么希望我能不以人类的身份站在自然中，这样我就能听到物种之间的对话和遥望四季更迭了。"（摘自张海江的朋友圈）

我猜想，张海江，他一定如愿以偿了。

**2020 年冬至青山归来**

# 写在湖面上的名字

　　一到湘湖，我顿感自己是个孤陋寡闻的人。作为一个出生于杭州、至今仍时常往返杭州的人，竟然不知道钱塘江对岸有这样一处优美的风景，更不知道它有一处全国重点文物保护单位、新石器时代的遗址：跨湖桥遗址。

　　风景区无须多说，祖国大好河山全都是风景。但这个跨湖桥遗址却是非常难得地把我惊到了。据载，它是经过 1990 年、2001 年和 2002 年三次考古发掘出来的，发掘面积达 1000 平方米左右，出土有大量的陶器、骨器、木器、石器以及人工栽培水稻等文物，经碳-14 测年和热释光鉴定法测定，距今已有 8000 多年。

　　8000 多年！这应该是我听到过的最久远的人类遗址了。我甚至有些怀疑：是真的吗？真的有 8000 多年吗？8000 多年前，人类就在此生产、生活了吗？就种稻子、养猪了吗？

　　除了科学考证，没人能够回答。

　　于是我查了一下什么叫碳-14 测年和热释光测年。前者又称碳-14 年代测定法、放射性碳定年法，就是根据碳-14 的衰变程度来计算出样品的大概年代的一种测量方法。它是由美国加利福尼亚大学洛杉矶分校教授、加州大学伯克利分校博士威拉得·弗兰克·利比发明的，利比博士因此获得了 1960 年的诺贝尔化学奖。热释光测年则是通过实验室测定样品的等效剂量和环境剂量，确定样品最后一次受热事件时间的测年方法，测年范围介于数百年到 100 万年之间，该技术已被广泛应用于考古研究。

如此，我们应该相信，跨湖桥遗址的年代已被科学证明。它早于河姆渡遗址 1000—1300 年，也再次证实了长江流域也是中华文明的发源地之一。

夜晚，我坐在湘湖驿站的房间里，看着资料，暗暗咋舌：原来，在我的家乡，还有这么了不起的考古发现。

当然，我也不必汗颜，采风就是学习。每次采风我都能学到很多东西，只要保持一个谦虚好学的态度。

我抱着谦虚好学的态度，走进了跨湖桥遗址博物馆。博物馆就建在跨湖桥遗址的水面上，设计别致，与湘湖浑然一体。

当我一一细看那些被小心翼翼挖掘出来，并被反复考证、用科学方法鉴定过的文物时，恍如走入了另一个时空。忽地想起"惊艳了时光"这个短语，那些和我们隔着几千年的陶器、石器、骨器、木器，那些牲畜的骨头化石，那些不可思议的没有腐烂的稻粒、茶树种和茎类草药，若它们不能惊艳时光，还有什么能？

跨湖桥遗址中有数个"之最"的发现：世界上最早的漆弓，中国最早的独木舟，中国最早的草药罐，中国最早的干栏式建筑雏形，中国最早的水平纺织机……当然，最醒目的，当数那艘 7500 年前的独木舟：世界上最早的独木舟。

这艘独木舟由松木制作。根据我不多的知识储备，松木并不是特别结实的木头，换言之，并不属于名贵木材，可它竟然 8000 年不腐，也许是拜那一方土地所赐，它一直被深埋在泥土之下，即使那片土地后来被海水侵蚀。

萧山博物馆原馆长、曾为跨湖桥遗址发掘做出过重要贡献的施加农先生告诉我们，为了保护这艘木船，先要清除木头里的盐分，因为湘湖一带曾被海水侵蚀。将木舟用纯净水浸泡，再晾干，如此反复3次，直至木头里的盐分全部去除。但我们现在看到的"木船"，已经是又薄又黑的一片了，和当初发现时（从照片看）已有很大不同。显然，文物一旦见了天日，保存就不是件容易的事。或者，一旦见了天日，它就有寿了，不可能"万寿无疆"了。

坐船在湘湖上游览，导游小叶指点着远近各处为我们讲述，她已经是两个孩子的母亲了，看上去却像个年轻姑娘。湖面浩大，3万顷碧波，就是从地图上看，也是很大一块翡翠呀。放眼看去，它似乎和别的湖没有太大不同，苍翠的植被环绕着浩渺的湖水，深绿浅绿浑然一体。岸边树木繁多，柳树、松树、樟树，还有石榴；依水而生的是芦苇、茭白；入水而生的是荷花、水葫芦，还有莼菜。高高低低都肆意蔓延，野性蓬勃，暗藏着人所不知的秘密。

忽然心生感慨，我是无法像施加农馆长那样，对那些沉睡了几千年的东西充满热爱的。他为了这份热爱，果断放弃了正当红的演员生涯，一头扎进跨湖桥遗址数千年的历史长河之中，成为一部遗址活词典。凡我们问到的问题，他都能滔滔不绝地详细讲解，不愧为一位名副其实的文博专家。

我作为一个写小说的人，所感兴趣的，依然是人，像施馆长这样的人，像导游小叶这样的人。他们在湖畔长大，他们的生命会比旁人更加丰满水灵吗？

还有那些漫长岁月里与湖相伴的古人。他们被湘湖养育，他们为湘湖付出，比如杨时，比如顾冲，比如孙学思，比如魏骥。

萧山人最熟悉也最感恩的，是杨时。这位北宋时期来自福建的萧山县令，是最早挖掘湘湖的人。杨时上任时已年届60，但看到百姓们苦于屡遭干旱，并没有打算混到退休了事，而是顺应民意，决心建湖解决旱情。他亲自实地勘察，广泛听取意见，最终在北宋政和二年（1112年），于城西一公里处，"以山为界，筑土为塘"，建成了一个人工大水库——湘湖。当时湖长19里，宽1—6里，西南宽，东北窄，形似葫芦。"邑人谓景之胜若潇湘然"，于是称之为"湘湖"（此说似乎有争议）。且不论名字的由来，湘湖之水的确缓解了旱情，所蓄之水可灌溉9个乡的14万亩稻田。"水能蓄潦容千涧，旱足分流达九乡"，这两句诗，便是后人对杨时关心农事的歌颂。

其实，杨时在做萧山县令之前，就已经很出名了，他是我们所熟知的"程门立雪"之典中的主人公。虽然他建湖的功绩远远大于虚心求学的事迹，可因为有典故流传，后人更多地记住了"程门"。好在，湘湖上有一座杨堤，可以永久纪念这位关心百姓的官员。

不过历来都是打江山容易守江山难，水库建好后的管理问题，一直让历任萧山县令头疼。杨时离任后，在湘湖灌溉问题上，乡与乡之间，村与村之间，因为用水不均的矛盾日益突出，经常发生诉讼乃至械斗。到南宋绍兴二十八年（1158年），萧山县丞赵善济制定了《均水法》，规定不得私自放水用水，须按序、按量放水。又20多年后（公元1184年），萧山知县顾冲，又在《均水法》的基础上写下了《湘湖均水利约束记》。看资料，顾冲可真是个包公式的好官，上任即从查处湖霸张提举占湖渔利20年入手（绝对大案要案），全面清理了私占湘湖的积弊，然后将《湘湖均水利约束记》刻在石碑上，以示遵守。

顾冲之后，到南宋嘉定六年（1213年），郭渊明为萧山县令，继续治理湘湖，加固湖堤，疏浚湖底。他最重要的贡献是根据当时有人在湘湖私建房屋的现象，划定了湘湖边界。据说是采纳了他15岁的儿子的建议："黄者山土，青黎者湖土"，以此定出了湘湖东西两岸的"金线"（黄土）。

经过历朝历代的不断完善和治理（其间肯定不只是官员的功劳，还应该有民间乃至乡绅的贡献），湘湖越来越美丽，越来越可人。有说堪比西湖的，有说赛过西湖的。我的老乡诗人陆游，就多次来湘湖采风，留下许多诗词。"湘湖烟雨长菁丝，菰米新炊滑上匙。云散后，月斜时，潮落舟横醉不知。"这短短几句便清晰地呈现出了他在那年那月的"小确幸"。

再说跨湖桥，也和一个人有关。

早年湘湖有两大姓，湖西是孙氏，湖东是吴氏。孙家出了个做官的叫孙学思，明朝嘉靖年间他荣升中书舍人，七品官。为了便于湖西的孙氏与湖东的吴氏往来，他在湖上造了一座横穿湖面的跨湖桥。从此，湘湖被分为上湖（南湖）和下湖（北湖）。据说此桥从水利来讲是不利的，但有利于团结呀。

现在因为遗址的发现，跨湖桥的名气更大了。这一点估计孙学思绝对没想到。不过我还是很好奇：他当时已在外做官，怎么想到为了方便孙家和吴家的沟通要修一座桥呢？会不会是他们家和吴家结了亲？还是吴家有他的同学或好友？我猜想其中一定有故事吧。

后来看资料，果然看到了孙吴两家结亲之事，忍不住呵呵两声。

魏骥也是湘湖本土人，于明朝永乐年间中了举人。进京做官后，参与了《永乐大典》的纂修工程。其后一直做官，官至吏部尚书，从政45年后告老还乡。77岁的他布衣粗食、克勤克俭，足穿草鞋行走乡间，而且为了百姓的利益秉公而行，与侵占灌区的恶势力做斗争，清退出7300多亩湖田；又主持修筑了多处塘堰，号召百姓广植杨柳保土固堤。他一直到86岁还亲自挑石头加固堤防，90多岁时，还撰写了《萧山水利事述》《水利切要》等著作，将治水经验留给后人。

不知为什么，魏骥让我想起了杨善洲。杨善洲，云南保山原地委书记，在任时清正廉洁，被百姓称为"草鞋书记"，退休后主动放弃省城生活，在家乡施甸县义务植树造林22年，建成一座面积5.6万亩、价值超过 3 亿元的林场，去世前将林场无偿交给国家。这样的人，无论身处哪个朝代，也无论是在山上还是在水边，他们的名字都不会消失。

船在湖上行驶，思绪在湖下奔涌。凝视湖水，我看到了一个又一个名字，他们中有官员，有学者，有文人，有乡绅，还有更多面目黧黑的劳动者。这成千上万个名字，形成了细细涌动的波纹，形成了水草和鱼虾，形成了浩大的碧绿的湖面。

如此，湘湖怎能不美?

**2017 年 10 月湘湖归来**

# 读不尽的大运河

　　大运河是一本很厚的书，厚到可以用一个词"卷帙浩繁"来形容。成千上万的人是这本书的作者，他们用智慧和汗水写了 2500 多年。它的读者更是数不胜数，亿万人经年累月地读也没读完。

　　我这里说的是京杭大运河。很幸运，我在童年时就遇见了这本书。

　　我读的第一页是拱宸桥。小时候有一段时间，我就住在杭州拱宸桥旁的姨妈家。桥边傍河处，有个菜市场，早上 5 点就开市了，那是湿漉漉的一条"人河"。我有时起得早，就跟姨妈去买菜，睡眼惺忪地走到那儿，瞬间就被青菜和鱼虾的气息唤醒了。去的时候竹篮是空的，我拎；回来的时候装满了东西，姨妈拎。有时候姨妈会给我买个糯米包油条解馋，热乎乎、软糯糯的，非常好吃。河面上船很多，清晨时它们停在那里不动，好像还没醒。那时候我只知道拱宸桥是故乡的桥，很亲切，其他一概不了解。

　　后来，生活又为我翻开了第二页。我们搬家到石家庄，又住在运河边，河上也有一座桥，就叫运河桥。从江南来到华北平原，我感觉这是另一个世界，但妈妈指着运河说：这条河是和杭州连着的，我们还住在运河边上。我很诧异：一条河竟然这么长？我们坐火车都坐了 3 天。桥头有一家副食品商店，那时候叫服务社，平时就去这儿打酱油。是真的打酱油，1 角 8 分钱一斤。桥很宽，桥下却没有船。或许是因为北方水少，河道不深，已经不通航了。但河堤是我们的乐园，我们爬到洋槐树上摘洋槐花，爬到榆树上摘榆钱，折下柳枝做口哨，有时候也在树下找蟋蟀和知了蛹。河堤就是我们的百草园，我们就是运河的孩子。

后来我们再次搬家，终于远离了运河，来到嘉陵江畔。一晃我高中毕业当了兵。探亲回杭州时，听见公交车售票员说："拱宸桥到了"，我立即觉得到家了。那桥还在等我，桥下的河也在等我，无声无息地，像天空那么自然。

杭州是个水系发达的城市，江（钱塘江）河（运河）湖（西湖）海（杭州湾），加上湿地（西溪湿地），样样齐全。这些年，每每回杭州看父母，我总会和朋友们一起去看水——去西湖，去西溪湿地，去钱塘江。但看得最多的，还是运河。我们乘坐水上巴士，从武林门码头上船，到拱宸桥下船；也曾徒步，从武林门走到拱宸桥。河的两岸已然成了一片片花园，还有无数的博物馆。丝绸、剪刀、雨伞、扇子，它们都是在运河的滋养下世代相传的。

反反复复地走，我才对运河有了些许了解，算是读了第三页。

运河上的桥，仿佛是运河之书的插图。运河上到底有多少座桥，我没查过。我只知道在杭州段，有拱宸桥、卖鱼桥、大关桥、江涨桥等。其中，拱宸桥名气最大。从它的名字来看，"拱"是拱手的意思，"宸"是帝王住的地方，以此二字表达对帝王的恭敬。它是一座三孔石桥，很高，尤其是中间那一孔，桥身高约 16 米，两端桥堍处有 12.2 米宽。显然是考虑到帝王出行时所坐的船大，桥矮了窄了都不行。但帝王始终没从桥下经过，而桥更是命运多舛。拱宸桥始建于明末，此后经历了三毁三建，中华人民共和国成立后，人民政府禁止机动车从桥上通行，尽全力保护，总算没再垮塌。2005 年，拱宸桥进行了一次大修固，如今它已成为大运河上的标志性建筑，出镜率很高。

不过，当我来到塘栖古镇，站在广济桥的桥头时，不知为何，觉得广济桥更可爱，不仅仅是因为它建造的时间更久远，也不仅仅因为它是京杭大运河上唯一的一座七孔石桥，还因为它是为老百姓修建的。据说当年这里的河面上只有一座简易桥，常有老人、孩童跌落河中。明弘治二年（1489 年），一位叫陈守清的僧人，四处募捐，历时 9 年建成这座桥。其目的不在"拱宸"，而在"广济"。有了广济桥，塘栖百姓不再受过河的困扰。塘栖人爱它，亲切地称它为塘栖的龙鼻。

我站在河边眺望，广济桥果然高峻挺拔。阳光下，人来人往，十分安详。我忽然就想到了父亲，父亲是铁道兵工程师，一辈子修路架桥，也曾和战友们在朝鲜战场上冒着敌机的轰炸日夜抢修桥梁。他若看到这暖暖的阳光下、和平的日子里，百姓们络绎不绝地从桥上走过，一定会觉得这才是桥梁该发挥的作用。

我很高兴自己又读到新一页的运河之书。我以为只要一页一页地读下去，总可以读完这本大书的。但是我错了，我在临平突然发现自己错了。运河是一本读不完的书。之所以读不完，是因它仍在续写，仍在增加新的篇章。

临平是名副其实的江南水乡。它的西面、北面是京杭大运河；中部偏东南方向流淌的上塘河，即隋唐古运河；南部地表及地下，则横卧着曾经的"捍海长城"——钱塘江古海塘；如今，它的东边又开掘出了运河二通道。

作为世界文化遗产的京杭大运河，是世界上里程最长、规模最大、历史最悠久的人工运河，也是唯一一贯穿我国南北的水运主通道，是先人的毅力、智慧与科技的集大成之作。但随着经济的高速发展，大吨位的船只越来越多，运河的水运设施，如航道、船闸等，已难以满足通航的需求。由于地理位置、文物保护等因素，也无法对这些设施进行改善。在这种情形下，建设者们勇于挑战，于 2017 年起开工建设运河二通道，2023 年 7 月正式通航。这条运河二通道全长 26.4 公里，是从临平的土地上凿出来的，成为京杭大运河与钱塘江"握手"的又一通道。一艘艘庞大的千吨级船舶，满载着煤炭、粮食、油品、钢材、矿建材料等大宗物资顺水前行，将杭州内河的运力直接提高了40%。

运河之书更厚重了。

我们来到这条崭新的运河边。阳光下的新运河如古运河一样碧波荡漾，宽阔而平静，很难想象这里曾经是平坦的大地。然而它又是一条全新的、非同凡响的河。

新运河的新，新在它的河道穿越了两条地铁、两条铁路、三条高速公路及其他百余条道路和管线；新在它有23座极富现代美感的跨河大桥，从而确保运河通航后不会对两岸居民造成阻隔；新在它有一座23米宽的双线船闸，足以让千吨级货轮驶过。

它还新在水面上纵有千吨级货轮驶过，水面下的万条鱼儿仍在繁衍生息。为了不让噪音影响鱼儿生长，建设者们在河道两壁打了许多圆筒仓式的小孔，供鱼儿在大船通过时有个地方躲清净。

说到底，新运河新在高科技，它汇集了建筑信息模型、数字孪生、大数据分析等现代技术。高科技不仅拓展了古运河的功能，更赋予了运河"生态环保""智慧化""数字化"等新特征。建设者们用智慧和双手，赋予了运河全新的面貌。

大运河之书，一本读不尽的书。

我愿意成为它永远的读者。

2023 年 11 月

# 我们城市的树

## 河边泡桐

今年的清明节阳光和煦，少有的明媚。我约上两位女友去附近的活水公园喝茶。走到河边时，我忽然被对岸的一片粉色云层惊住了："那是什么花？那么灿烂！"女友猜："樱花？"我说："不可能。樱花不是这样一串串开的，树干也没那么高大。"另一位女友说："槐花？"我说："槐花五月才开，而且是纯白色。这个有点儿淡紫。"

我们一边猜一边拍照，相机、手机齐上阵。但毕竟隔着河，怎么拍也看不分明。只见那高大的花树沿着河水一溜儿铺开，花团锦簇地装饰着府南河，其壮观程度丝毫不亚于樱花，也不亚于桃花，甚至不亚于火红的木棉。自从搬到河边住，我已无数次从这条路上走过，怎么从来没发现它们呢。

带着好奇和歉意，我在微博上发了一组照片，询问这花的名字。

很快就有网友认出来了，这是泡桐树！哦，原来是泡桐树，那么熟悉的树名，我竟然不认识！须知成都不但有以泡桐树命名的街道，还有以泡桐树命名的学校。不认识它实在有些愧疚。

赶紧查询补课：原来泡桐树是一种南北方都适合栽种的树木，除了新疆、内蒙古、西藏那种特别寒冷的地方，大部分地区都有，种类也很多，比如四川地区就叫它川泡桐。早在 20 世纪 70 年代，有篇著名通讯里也提到过泡桐，那就是《县委书记的榜样——焦裕禄》。焦裕禄为了治理兰考的风沙，带领兰考人民植树造林，种的就是泡桐树。那里的泡桐就叫兰考泡桐。叶子很大，长得特别快，而且适合沙地。如果有一天我去兰考，一定要先看看兰考泡桐。

泡桐树的"询名"让我想道：也许我们这些喜欢树的人，应该先从知道树的名字开始，否则你怎么好意思表白？就像你怎么好意思向陌生人示好？当我们知道了它的名字后，才能在欣赏它的美丽、享受它的绿荫时，大声地向它致意："你好，泡桐！"

## "梧桐"身世

尽管都有一个"桐"字，但梧桐却比泡桐的知名度高多了。它出现在成都的每一条街边，甚至出现在每一座城市的街边，可谓"天下谁人不识君"。

我们习惯把它叫作法国梧桐。它的树形像一把撑开的伞，撑出一大片绿荫，最适宜种在街边。我国大概从 20 世纪 50 年代起就在许多城市里种植梧桐，以至于到每一个城市，都能见到梧桐。

但我不得不告诉你，它是一种很悲催的树。

首先是，几乎没人知道它的真实名字和身世：它既不是来自法国，也不是梧桐，"法国梧桐" 4 个字对它来说没一个字是对的。能挨边儿的有两点：一是叶子长得像梧桐；二是法国人将它带入中国。

它的真实名字叫悬铃木。悬铃木又分为一球悬铃木、二球悬铃木和三球悬铃木。17 世纪，英国人将其杂交，种出了二球悬铃木，就是如今我们所说的法国梧桐。法国人将其带到上海种下。显然这个口误是从上海人开始的。也许上海话里"悬铃木"这个名字不上口？我倒觉得它很好听，而且名副其实：秋天里它的果实的确像铃铛一样悬在枝头。

那么真正的梧桐是什么样的呢？真正的梧桐生于中国，叫青桐，非常漂亮，树叶优雅，树形潇洒，树干光滑，特别适合观赏，所以才有"凤凰非梧桐不栖"的传说。而且中国梧桐比悬铃木要高大很多，最高可达 15 米。故中国梧桐也被欧洲许多国家引进栽种，它的英文名字居然叫 phoenix Tree（凤凰树）。

接着说悬铃木。我说它悲催，还不只是因为它隐姓埋名，而是近年来屡遭横祸。就是近五六年吧，由于街道拓宽，大量的悬铃木被砍伐。其他城市的且不说，单是成都，有多少悬铃木在一夜之间香消玉殒，魂断街头？那些曾经被它们簇拥过的街道，也在一夜之间成了光秃秃的工地。

我想我们每一个在树荫下走过的人，都应该对它们心存感激和内疚。纵使我们无法救回它们的命，至少也应该知道它们的真实名字：悬铃木。

## 窗前香樟

除了悬铃木，成都的大街小巷，种植最多的，要数樟树了。我很喜欢樟树，在我旧居的窗前，就有两棵高大、树叶浓密的樟树，陪伴我度过无数流水般的日子。

樟树也叫香樟，它的木质有一种特殊的香气，用它做的箱子，放衣物不会生虫。而我喜欢它，是因为它的气质。香樟在春天落叶，落叶的同时，发出嫩绿的新芽。那个时候的香樟，是深绿与浅绿相遇，年轻与迟暮重逢。樟树的新老交替总是进行得紧密无间，所以，我从来没有见过光秃秃的香樟。你见过吗？

即使到了秋天，所有的树都落叶了，樟树的老叶也纹丝不动，密密匝匝地守护着树干，它们一定要等孕育中的新芽长大，来到世间，才放心离去。

这么说，香樟树对秋天的来临没有感觉吗？不，它们也是很敏感的，只是，它们要以自己的方式向秋天致意。一到8月，天气正炎热，我就听见窗外传来噼噼啪啪的声响了，同时，一种略略有些苦涩的气味进入鼻腔。我马上意识到，立秋了。抬眼望去，香樟树上已经结满了黄豆粒大小的果实，它们由绿而紫，一串串的，像野葡萄般垂挂在枝叶间。

想来，香樟树应该也是开花的，它们不是"无花树"。只是它们的花开得悄无声息，默默无闻，所以我从来没有察觉过。但香樟的果子就不同了，仿佛为了弥补花期的黯淡，它们决意要闹出点儿动静来。虽然果实很小，小到与高大的树干很不相称，但一俟成熟，就纷纷跌落在地，让你想忽视它们都不行。草丛里，人行道上，到处都是它们的身影。熟透了的，落地就摔裂，紫色的浆液绽开，散发出好闻的苦味儿；没熟透的，在地上滚来滚去，无意中被过往的行人踩裂，便扑哧一声，平添一丝秋意。

有香樟陪伴的秋天，让人沉醉。

## 他乡黄果兰

来到成都，我最先认识的花是黄果兰。

初夏时分，街头巷尾就会有铺着黄果兰的竹篮出现，一角钱或两角钱一对，上面还盖着湿润的花布，香气溢满一条街。我常停下来买。挂一串在扣子上，甜香数日。后来得知，黄果兰的学名叫白兰，同时也叫缅桂。四川人却习惯叫它黄果兰。

但很长时间，我都不知道黄果兰是从哪里长出来的，不知道它是灌木还是乔木。有一回出差去厦门，在陈嘉庚旧居的院子里，看到一棵开花的树，香气袭人，一问，正是黄果兰。原来黄果兰是树，而且是如此高大的树，真让我肃然起敬。

回来后，碰巧遇到一个卖黄果兰树苗的人，我就买回一株。当时它只有一尺来高，我把它种在最大的花盆里，精心侍弄，冬天最冷的时候搬进屋里。转眼三五年过去了，它没有开花，但长高了许多，叶子已经伸到防护栏外面去了，而且由于日照不够，它伸长了脖子去够，整个身体都歪斜了。我就把它移栽到外面。为了纠正它歪斜的身体，还给它捆上木棍。遛狗时，常常把狗屁屁捡回来埋在它的根部。那个夏天它长得特别快，简直是在蹿，真可谓枝繁叶茂。

有一天清晨我从梦中醒来，忽然闻到阵阵甜香，心想：难道是我的黄果兰开花了吗？我连忙爬起来跑出去看，它真的开花了，就在我的窗前。那一刻我觉得太开心了，好像梦开花了一样。我数了数，有 7 朵，心满意足。这是我种活的第一棵树哇。

可是在种下它的第九个夏天，我搬家了。之后政府对那个院子进行改造，重新整理绿化带，我旧居门前的所有树木都要移走，改成草坪。听到这个消息我连忙跑去看，我的黄果兰已经不在了，地面上留下的是一个大坑。工人告诉我，头一天晚上来了一辆大卡车，把它挖出来拉走了。我心里隐隐作痛。虽然原先多次想过，就算它去了别处，只要好好活着，我也无所谓。但现在看来我是有所谓的，我难受、我心疼、我牵肠挂肚。

这么多年过去了，我依然会经常想到它。每一个春天在街上与黄果兰邂逅时，我都会问一声：你在他乡开花吗？

# 黄桷树

写到黄果兰，自然而然地想到了黄桷树。虽然两者毫不搭界。但是为了打出"黄桷树"这三个字，我颇费了一番周折。我一直以为中间那个字念"果"，人们不是一直说黄果树吗？可是"果"的读音里没有这个字，想到在四川话里，"角"也念成"果"。可是"角"的读音里也没有这个字。我只好查字典，终于得知它念"jué"。

成都有不少黄桷树，就我的观察，好几条街的行道树都是它。只是街道太拥挤了，它们无法施展拳脚，亮出魁梧的身姿。其中比较好看的是实业街，街不宽，树间距也刚好合适，两边的枝叶向中间簇拥着，搭起了一条绿色的隧道。

回想起来，我是在重庆认识黄桷树的。在那个城市走路，上坡下坎常会与黄桷树相遇。因为黄桷树特别耐贫瘠，在瘦石嶙峋的山坡上一样枝繁叶茂。那时我们家里烧煤要自己去挑，每次从煤厂出来，都要上很长一段台阶，而台阶中间就有一棵黄桷树，胖胖的，撑出一大片荫凉儿。我总是在那里歇脚，然后继续走。所以一想起黄桷树我就会想起重庆。如今，黄桷树已成了重庆的市树。

黄桷树其实就是榕树，或者说，是榕树的一种，叫大叶榕。它属于高胖型的，树干粗壮，枝干横生，小枝杈也斜生，故一旦成长起来，很占空间。如果气候足够湿润，它还会生出很多气根来。"一木成林"这个词，就是黄桷树贡献的。

我注意到在介绍黄桷树时，用了"孤种"一词，这显然就是它的与众不同之处。难怪我以前总觉得，黄桷树总是各长各的。在一条街上也是各行其是。比如这些日子，春意盎然，在同一条街上的黄桷树，有的已焕然一新，全部长出了嫩绿的新叶，有的却依然挂着黄老的叶子，按兵不动，一眼望去深浅不一。

也许它们是在表达着诉求？让我们去空旷的地方生长吧，哪怕那空旷的地方脚下是沙砾。

每棵树都因为有自己的个性而美丽。

## 为芙蓉花正名

芙蓉花是成都的市花。我最初以为它是我印象中的"清水芙蓉"，但其实，它是木芙蓉开的花。它不同于月季、玫瑰、茉莉，它是不能养在花盆里的。成都的简称，就是"芙蓉花"中的"蓉"，将芙蓉花当作市花，显然顺理成章。

前些年，因为网络上出了个搞笑的芙蓉姐姐，芙蓉花的名声随之跌落。仿佛一说到芙蓉花，就沾了几分俗气。人们似乎忘了那句古老的赞美："清水出芙蓉，天然去雕饰。"这赞美来自李白的长诗《经乱离后天恩流夜郎忆旧游书怀赠江夏韦太守良宰》。题目够长吧？其诗更长，有166句。当然，这166句里只有这两句最出名，其他那164句，都落在了唐朝。

但我一直不明白，为什么是清水出芙蓉？清水当出荷花才是。（当然，认真追究起来，清水也出不了荷花，污泥才出荷花。）就我亲眼所见，芙蓉花是长在高高的树上的，与水不搭界，而诗人之所以写"清水出芙蓉"，乃因为荷花有"水芙蓉"之称。荷花与木芙蓉分属不同的科、属，荷花通常生长在水域环境中，而芙蓉花则生长在陆地上。成都的芙蓉花才是正宗的芙蓉花。所以，我给芙蓉拍照，就一直处于仰视状态，拍荷花倒是可以俯拍。

带着追求真理的精神，我上网搜了一下，这才知道，古时候，芙蓉是一律种在水边的，《长物志》曰："（芙蓉）宜植池岸，临水为佳；若他处植之，绝无丰致。"看来芙蓉喜湿润。再看看其他几位诗人的诗，写到芙蓉的也都带着水灵。苏东坡道："溪边野芙蓉，花水相媚好。"范成大形容："袅袅芙蓉风，池光弄花影。"

再追寻下去，原来早在后蜀君主孟昶时期，曾经"于成都城上，尽种芙蓉，每到深秋，四十里如锦"。那时的城墙多为泥土砌成，据说孟昶"尽植芙蓉"是为了"尽以帷幕遮护"。可我总觉得不仅如此，孟昶有一位心爱的妃子叫花蕊夫人，不仅美艳如花，且能诗善字，能歌善舞，才情俱佳。孟昶非常爱她，常与她一起郊游，赏花作诗。于是我猜想：那城墙上的 40 里芙蓉花，亦是孟后主为了讨花蕊夫人的欢心而种植的吧？

不管为了什么，我都觉得他了不起，居然在御敌杀敌的城墙上遍植芙蓉花。你可以想象一下那时的城墙，每到深秋芙蓉花盛开时，40 里城墙红白相间，一日三变，分外妖娆。即使是在无花的季节，绿荫匝绕数十里，风来满城凉爽，也够迷人了。如此，那敌兵攻打到城下，也会停止厮杀陶醉片刻吧？

据说芙蓉花还有个别名叫拒霜花，这说明它不仅清纯，还坚强，大有女英雄的气概。所以无论从哪个角度说，芙蓉花都与艳俗无关。

那就让我们为它正名：芙蓉花，是一种开在深秋的美丽而又单纯的花。

## 树魁银杏

当芙蓉花成为成都的市花时，我想，只有银杏才称得上市树，因为它必须得高过芙蓉花，老过芙蓉花。我说的这个"老"，是老资格的老。芙蓉花虽然在成都也有上千年的历史了，但比起银杏，就是小妹妹了。银杏已经"老"到只能用活化石来指代了，属于孑遗植物。与它同门的其他植物，都已灭绝。

但在我这里，银杏没有故事。也许银杏牛就牛在这儿，它不需要故事，它甚至不需要大面积种，不需要站成一排，它只需零零散散地，不经意地，站在某个街角或者某个院落。但只要哪里有一棵银杏，哪里就有一处风景。如果树木也有个圈子的话，银杏一定会成为它们圈子里的明星，不能叫树星，可以叫树魁。

我最熟悉的银杏，是我们大院食堂背后的那两棵。春来绿如翡翠，秋来一地金黄，深秋白果纷纷坠落。每次从那里过，我都会仰起头来叹一声，真美。

我见到的银杏最多的地方，是在锦里西路，有一次我开车路过，发现街两边全是银杏，即使在没有阳光的日子里，也让一整条街都黄得耀眼。后来我专门停下车来拍照，但怎么拍也不如看到的美丽。树是很难拍好的，因为人太渺小了。

我以为，成都最美的银杏，是展览馆背后那一片。不知是何故，也许它们特别高大？也许它们连成了一片？一到秋天，那里便呈现出极为壮观的景色。"黄金甲"这个称谓，要让它抢去了。

有一天我从那里过，看着一地金黄时突发奇想：要是展览馆前面的大广场上，全部都种上银杏该多好！那该是何等壮观！

当然，就算不全是银杏，间或种些其他树也很好，比如香樟，比如黄桷树，反正是那种高大的树，遮天蔽日的树，让大府广场成为一片浓绿、茂密的树林，成为我们成都的中央公园。

因为在我眼里，树是最美的风景。

2012 年 4 月初

# 比山更高的树

去西藏，总听人说日喀则郊区有一片红树林，很漂亮，于是我心里就种了草。那次工作结束后，我便和同伴起了个大早去看红树林。可惜老天不给面子，云很厚，不见阳光。我还是第一次在日喀则遇到这样的阴天，很不习惯，好像不在西藏似的。

街上很静。也许这个城市就没有嘈杂的时候。年楚河静静地流淌着。我们没行多远，就看到了那片树林。的确是很大一片，而且树干很粗壮。

红树林其实不红，它就是柳树林，同样是绿的树冠，同样是褐的树干，与其他柳树一样。风吹过，也同样摇曳着，婀娜多姿。

这些柳树不知道有多少年了，也不知道是谁种下的，在经历了数不清的风霜雨雪后活了下来，活成了一道风景。其中最粗的几棵，树干被涂成了红色，是那种寺庙里特有的红色。分区的同志说，那是喇嘛涂的，他们认为这些树是神树，涂成红色表示吉祥。红树林的名字，也是因为这几棵树而来的。

在我的固有印象里，柳树是柔弱的、纤细秀丽的。比如在我的故乡杭州西湖边的柳树和桃树夹杂着，沿堤而生，与西湖秀作一处，十分和谐。但在见到了西藏的柳树后，我彻底改变了看法。原来柳树是那么强壮，那么有耐力，耐寒、耐旱、耐风沙。它们经常出现在不可思议的地方，生动诠释了"绿树成荫"这个词。尽管它们的枝叶仍是摇曳多姿的，但树干却强壮如松柏。

川藏线上的白马兵站，有一院子的大柳树，那柳树密集到盖住了整个兵站的院子。你在别处若怕太阳晒，得费点儿劲才能找到树荫，但你在白马兵站，想要晒太阳的话得走出院子去。这让我发现，柳树也喜欢群居呢，一活一大片。

我们走近看，这片柳树林都是西藏特有的左旋柳。树的枝干是旋转着生长的，模样很像小时候我帮母亲拧过的被单，当然，人家比被单粗壮多了，硬朗多了。

我们在红树林恭候了很久，太阳始终没有出来。这意味着，我还得再去看它们一次。我太想看到它们在阳光下的样子了。那会是一幅完全不同的美景。

我喜欢西藏的树。

不仅仅因为在西藏树很珍贵，还因为它们所呈现出来的美丽非同一般。你在西藏的路上跑，要么看不到树，一旦看到了，肯定是极其茂盛的，健壮的。即便脚下是沙砾，枝干上覆盖着冰雪，它都充满活力。也许真正健壮的树，恰是因为经历了风霜雨雪，恰是因为在最难成活的环境里活了下来。

特别是往日喀则方向走的时候，汽车沿冈底斯山脉前行，一路看到的，全是褐色的山岙，褐色的沙砾地，没有一点儿绿色。但是走着走着，你眼前突然一亮：某一处的山洼，一股清泉般的绿色从山中涌了出来，那便是树。数量可能不多，可能成不了林，但只要有树，树下便有人家、有牛羊、有孩子、有炊烟、有生命。你就会在漫长的旅途中感受到突如其来的温暖和欢欣。

我不知道人们是居而种树，还是逐树而居？

西藏最茂盛的树木，当然在海拔相对低一些的藏东南。如果你去米林，从山南翻过加查县布丹拉山之后，一路上，就经常可以看到大如天伞般的树了。一棵树就遮住一片天。我记得有一棵大核桃树，极其壮观，恨不能把整个村庄都罩在树下。站在树下一抬头，满眼密密匝匝地，全是圆圆的绿皮核桃，像挂满了绿色的小灯笼。我很想把它拍下来，却怎么都无法拍全，好像面对的不是一棵树，而是一座果园。

军区大院的树也很棒。路两边和办公区里的柳树，都那么粗壮，那么茂盛。都是左旋柳。左旋柳是高原特有的一种柳树。我在内地的确没见过这样的柳树，我猜想，是不是因为它要躲避风雪，扭过去扭过来，就长成了这样？枝干很苍老，纵横交错的树纹昭示着它们生存的不易。但它们的树冠永远年轻，永远郁郁葱葱。

这些树，都是中国人民解放军第十八军当年种下的。50多年前第十八军到拉萨时，军区大院这个位置是一片荒地。要安营扎寨，首先就得种树。树种下了，心就定了。树和他们一起扎根。他们种了成片的柳，成行的杨，还有些果树和开花的树。我在司令部的院子里，就见到了一棵美丽的、淡紫色的丁香，细碎的小花在阳光下静静地开放。

人们常说西藏是神奇的，在我看来，神奇之一，就是栽下去的树要么不能成活，若活了，风摧雪残也一样活，而且必定比内地的树更高更壮。如果是花，必定比内地的花更美更艳。如果是果，必定比内地的果更香更甜。据资料记载，20世纪50年代初第十八军为了在西藏扎下根，自己开荒种地，种出的南瓜、萝卜，每个都大如娃娃，重达五六十斤，一个土豆就有半斤。蔬菜丰收的时候，当地百姓看得眼睛都瞪大了。

半个世纪过去了，第十八军当年种下的树，如今早已成行、成林、成荫、成世界。每棵树都记录着拉萨的变迁，记录着戍边军人走过的一个又一个春夏秋冬。在我看来，它们个个都该挂上"保护古木"的牌子。

我去海拔最高的邦达兵站时，非常欣喜地看见他们在那里种活了的树。邦达兵站海拔太高，气候太冷，方圆几十里从古至今没有一棵树。

据说曾有领导讲，谁在邦达兵站种活一棵树，就给谁立功。我去之前，听说他们种活了138棵，不知他们立功没有？

那天我一到邦达兵站就迫不及待提出要看他们种的树。站长虽然忙得不行，还是马上陪我去了。站长穿着棉衣，棉衣上套着两只袖套，别人不说是站长的话，我还以为他是炊事员。他把我带到房后，果然，我看见了那些树，是些一人多高的柳树和杨树。尽管寒风阵阵，树的叶子毕竟是碧绿的，昭示着它们的勃勃生机。站长坦率地告诉我："在刚刚过去的这个冬天，又冻死了几棵，现在已经不到18棵了。"不过，站长马上又说："今年春天我们在新建的兵站又种下去200多棵树，大部分已经活了。"站长的样子充满信心。

我真为他们感到高兴。树能在这里存活实属奇迹。这里不但海拔高，而且气温极低，年平均最高温度15度，冬天常常降至零下30多度。四周全是光秃秃的山，不要说暴风雪来临时无遮无挡，暴风雪不来时也寒冷难耐。种树时官兵们先得挖又深又大的坑，将下面的冻土融化，然后在坑里垫上薄膜，再垫上厚厚的草，以免冰雪侵入烂根。树又比不得蔬菜，可以盖个大棚把它们罩住，它只能在露天里硬挺着。冬天来临时，官兵们又给每棵树的树干捆上厚厚的草，再套上塑料薄膜，下面的根部培上多多的土，然后再用他们热切的目光去温暖，去祈求。除此之外他们还能做什么呢？要能搬进屋他们早把树搬进屋了，甚至把被窝让给它们都可以。

一旦那些树活过了冬天，春天时抽绿了，那全兵站的人，不，应该说全川藏兵站部的人，都会为之欢呼雀跃。可这些树并不理解人的心情，或者理解了，实在没办法挨过去。有些挨过第一个冬天，第二个冬天又挨不过了。有些都挨过两个冬天了，第三个冬天又过不去了。谁也不知它们要长到多大才能算真正成活？才能永远抗住风霜雨雪？谁也不知道。因为这里从来没出现过树。

但这并不影响邦达人种树的决心，他们会一直种下去。他们要与树相依为命。终有一天，邦达兵站会绿树成荫，那将是些世界上最高大的树，是需要仰视才能看到的树。

西藏的果树也很著名，尤其是苹果树。西藏栽种苹果树的历史，是从第十八军开始的。资料记载，第十八军政委谭冠三，是个喜欢种树的人。他号召各部队进驻西藏后，一路种树。官兵们就从内地带去那些适合高原的树苗，想尽一切办法让它们在高原上成活。谭冠三还亲自试种苹果树，在他的带动下，苹果树终于结出了又甜又脆的苹果。所以西藏的苹果有两个名字：一个是"高原红"；一个是"将军苹果"。

我第一次去林芝，就对那里的苹果树难以忘怀。正值秋天，一路上都能看到树上挂着累累的果实，营房前后也到处飘着苹果香。我们早上出发的时候，就从门前的苹果树上摘一些苹果放在车上，一路上边走边吃，那感觉真是好。

西藏的日照充足，水又纯净，所以苹果特别好吃。我在185医院采访时，还吃到了他们自制的苹果干儿。那里的医生、护士告诉我，她们每年都要把吃不完的苹果晒成干儿，带回内地去，给家里人吃。他们觉得他们一年到头待在西藏，什么也不能为家里做，苹果干儿是唯一能贡献给家人的了。

其实他们的贡献，树都知道。

或者可以说，他们就是高原上的树，是最顽强的，最挺拔的，亦是最美的树，四季常青，永不凋零。

如果说在西藏，天有多高，山就有多高，那么，比山更高的，就是树了。它们生长在那样高的山上，肯定比别处的树更早地迎接风雪，也更早地迎接日出。

对那样的树，我充满敬重。

**2004年夏川藏线归来**

# 一个让人内疚的日子

这个日子是 1964 年 6 月 22 日。

第一位感到内疚的是本文的主人公，成都军区测绘大队的一名军官，名叫杜永红。当时他正奉命带领一个作业小组，来到西藏岗巴中区的山野里，测量中尼边境线。

杜永红时年 24 岁，未婚。当然他有未婚妻，而且好多年了。但由于长年在野外工作，他几乎没时间与未婚妻在一起，故一直未婚。他带领他的作业组在岗巴执行测绘任务已经 20 多天了。岗巴地区平均海拔4000 米，他们测量的点就更高了。"荒无人烟"这 4 个字是无法概括当地条件的艰苦和恶劣的。杜永红病倒了，患上了非常可怕的肺水肿。但他不肯休息，坚持上山作业，结果昏倒在山上。同小组的战友们把他抬下了山，他在帐篷里醒来，恢复知觉后的第一感觉就是内疚。他想，自己是名共产党员，还是名作业组长，怎么能没完成任务就倒下了呢，怎么能让同志们抬下山呢？实在是太不应该了。

于是，为了弥补自己的"过错"，他一刻也没休息，就开始整理当天的资料包括图纸，一直整理到深夜。当他终于完成工作想要休息时，才感到呼吸十分困难，憋闷，以至于根本无法入睡。也许那时他的肺里已积满了液体。他想，反正躺着也睡不着，不如去站岗，让能睡的同志去睡。于是，他走出帐篷，换下了站岗的战士。

一直站到第二天早上，杜永红看天色微亮，就叫醒做饭的战士起来烧火做饭，他们当天还要上山作业，还要走很远的路。叫醒炊事员后他就去睡了。谁也不知道他是怎么坚持到早上的，谁也不知道他去睡的时候，是不是觉得胸口好受一些了。

这第二位内疚的，就是被替下岗来睡觉的哨兵。事后回想起来，他不停地自责：我为什么要让他替我站岗呢？是的，他是组长，可他也是病人哪！我不该那么听话地把哨位让给他。是的，那天我也很累，我也有气无力，可他病得更厉害呀，他比谁都累呀。再说，他们组里哪位同志不累呢？他们进藏执行任务的全体测绘兵谁不是靠意志在支撑呢？

哨兵因为这样的自责而哭泣。不，是痛哭，痛哭不已。

我们再往下说。早饭做好后，炊事员把大家叫起来吃饭，叫到杜永红时他有些犹豫了，他知道他天亮才睡下，还知道他在生病。于是他绕过了他。

吃完饭要出发了，杜永红还在睡。一个老同志说："今天咱们就别让组长上山了，让他在家歇一天吧。"大家一致同意。他就嘱咐炊事员："千万不要叫醒组长，让他好好睡一觉，到中午的时候再叫他起来吃饭，免得他又硬撑着上山。"炊事员点头答应。

一个上午帐篷里都静悄悄的。炊事员在准备午饭时十分小心，轻手轻脚的，生怕惊了组长的梦。他知道只要组长醒来，就会不顾一切地上山去。总算到了 11 点，炊事员走到帐篷门口，侧耳听了听，里面一点儿声音也没有。他想组长实在是睡得太香了，已经很久没这样睡过了，他决定让他再多睡半个小时。

到了 11 点半，太阳老高了，而且暖洋洋的，炊事员想，这下可以叫组长起来了，吃碗热乎乎的面条，再好好晒晒太阳，身体一定会好起来的。

他走进去，叫他。叫他的组长，叫那个叫杜永红的人。但杜永红一动不动，他大声叫，他不动；他用力拍他，他也不动；他就使劲儿推他，他还是一动不动，就像一块紧贴大地的岩石，除非火山爆发才能令他移动。他预感到不好，掀开被子，才发觉他们的组长，他们的战友杜永红早已僵硬。

这第三位内疚的便是炊事员。他想自己为什么要自作主张地晚叫他半小时呢？也许早叫半小时还会有救的。尽管后来医生说，杜永红的死亡时间是在早上，他还是内疚不已，他想我竟让他的遗体那么孤孤单单地在帐篷里待了一上午。我该去陪陪他的呀。

炊事员抽噎着说不出话来。组里那位老同志劝慰他说："你不要这样自责，如果怪应该怪我才是，是我叫你不要叫醒他的，是我说让他好好睡一觉的。当然，我不知道他会一觉不醒，如果我知道，我一定不会让他去睡的。哪怕我们轮流给他唱歌，哪怕我们轮流给他讲笑话，哪怕我们再让他去站岗，去工作，我们也坚决不会让他睡的，我们会尽一切一切的努力让他醒着，在这个世界上。"

但所有的后悔都已无济于事。杜永红毕竟是睡去了，而且是永远地睡去了。老同志成了第四位内疚的人。他默默地淌着眼泪，领着组里的同志把杜永红的遗体仔细地包裹好，放在担架上，抬到岗巴他们的总部去。

抬到半路时，见一匹马卷着尘土飞奔而来。大家一看，原来是大队医生。医生一见担架就想下马抢救。但所有的目光都在告诉他，已经晚了。医生扑在担架上就放声大哭，边哭边说："我来晚了，我该再快一些的！我该昨天晚上就出发的！我就知道是你！我对不起你呀！"

原来，杜永红病倒后，就给大队医生写了封信，他说小组里有人病了，希望医生方便的时候过来看一下。他没说是谁病了，也没说是什么病，有多严重，他是怕医生知道了着急。他知道医生很忙，进藏后生病的人太多。但医生了解他，知道他身体不好，也知道他是个工作起来就不要命的人。一看信就猜到生病的一定是他本人，而且还猜到一定是病得很重了他才写这封信的，所以医生一大早就骑马往这边赶，没想到竟在路上与他的遗体相遇了。

医生怎能不放声大哭？

讲到这里，医生已经是第五位感到内疚的人了。

但故事还没有完。杜永红牺牲的消息传到了阿里。当时在那里工作的另一位测绘小组的组长，是杜永红的好友，名叫王玉琨，他一听说岗巴牺牲了一名同志，心里马上有种不好的预感：那个牺牲的人，很可能是杜永红。

从拉萨出发前，他曾见到杜永红，杜永红对他说，他的未婚妻，最近写信来要和他分手。原因很简单，她总也不能见到他。这么多年来他们一直是靠通信维持关系的。杜永红有些难过，想跟王玉琨好好聊聊，还想给王玉琨看看他未婚妻写的那些信，帮他分析一下还有没有挽回的可能。信一共有 40 多封，进藏时他把它们全背进来了，他走到哪儿信就带到哪儿。

但他们没有谈成。出发前需要做的准备工作很多，两个人都是作业组长，时间实在是不够用。王玉琨就对杜永红说，等他们完成了这次任务，一定找个机会好好聊聊。

可没等完成任务，杜永红就牺牲在了岗位上。

王玉琨说："我真是非常后悔，我当时无论如何该和他谈谈的，哪怕不睡觉、不吃饭，也该和他谈谈的，让他说说心里的委屈，吐吐感情上的烦恼。我是他最好的朋友哇。可我却让他带着心事走了，他永远也没机会向人诉说了！"

王玉琨讲到这里时，眼圈红了。往事在 38 年之后依然折磨着他的心。如今他已是年过花甲的人了，他说杜永红如果活着，也该年过花甲了。

早已离开了部队的王玉琨，依然忘不了当年丈量世界屋脊的那些日子，那些艰苦而又光荣的岁月。他把它们写成了一部日记体的报告文学里，让我看。而前面这个小故事，是在他讲述中不经意提起的。但恰是这个小故事，像根针一样一下子刺进了我的心里。我知道我若不把它拔出来，心就会一直汩汩地流血。

王玉琨是那个日子里的第六位内疚者，也是这个故事的讲述者。

写到他，故事似乎应该结束了。但我却忽然想到，这世上还应该有一位为那天感到内疚的人，虽然她和西藏相隔遥远，虽然她对那天一无所知。她应该是第七位感到内疚的人。

她就是那40多封信的主人，杜永红当年的未婚妻。

尽管同为女人，我十分理解她无法承受的孤单和寂寞，同为女人，我推断她一定会为自己在他临死前提出分手而深感内疚。说得残酷些，哪怕她晚说一个月，或者信在路途上耽误一个月，杜永红死时就不会那么孤单。

王玉琨告诉我，杜永红死后并没有被授予什么称号，因为在他们测绘队，因劳累艰苦而牺牲在岗位上的人很多，多到很平常。但我想，有这样一些为他感到内疚的人，就足以让他不死了，他永远活在他们的内疚里。而内疚，也是一种思念。

活在思念中的人，比获得称号更能够永垂不朽。

# 后 记

1951年西藏和平解放时没有地图，120余万平方公里基本是无图区（只有外国人测的局部图，很不准确）。解放军进入后，先是由随军测绘队进行局部测绘。后来局势稳定了，开始全面的测绘工作。1962年，成都军区正式成立了第一测绘大队，专门负责测绘西藏地图。西藏大多是无人区，海拔高，与 5 个国家相邻，有 1500 公里边防线，测绘的难度之大，是常人难以想象的。其中包括测量珠峰、阿里无人区和不通公路的墨脱县等。加之那时是国家的困难时期，测绘部队每人每天的伙食费是 6 角钱，第二年加了 5 分钱的燃料费（买牛粪）。但即使如此，参加测绘的上千名官兵全部都坚持到底，没有一个离开或者退缩的。经过 20 年的不懈努力，历经千难万险，1981 年，终于绘制完成了西藏第一代完整地图。1982 年，中央军委授予成都军区第一测绘大队"丈量世界屋脊的英雄测绘大队"的光荣称号。

此文为该大队被授予该称号 20 周年所作。

2002 年 12 月 12 日

# 60 年前的功与过

2007 年我因获得鲁迅文学奖而立了二等功。父亲得知后欣慰地说："我们家终于有个二等功了。"我问："你当年在朝鲜战场上出生入死地修路架桥，怎么就没立个二等功呢？"父亲说："只差一点点，被一个处分给抵消了。"我大吃一惊："怎么，你还挨过处分？"父亲点头，随后就给我讲了发生在 60 年前的故事。

1951 年 1 月，父亲跟随部队跨过鸭绿江赴朝参战。作为北洋大学土木工程系的大学生，铁道兵的技术员，父亲不但年轻有为，还非常敬业。在冰天雪地的朝鲜战场，他和战友们历尽千难万险，不怕流血牺牲，尽全力保障铁路的畅通。他所在的部队，当时担负着守护大宁江桥的任务。

大宁江桥是朝鲜金义线上非常重要的一座桥，它的畅通关系到整个金义线的畅通，当然也是被美军炸得最厉害的一座大桥。所以守护是不可能的，只能不断地抢修，不断地和轰炸抢速度。敌机上午炸他们下午修，敌机下午炸他们夜里修；正桥断了，他们就修便桥。这样即使正桥一时难以修通，开往前方的汽车依然可以通过 3 座便桥或者水上浮桥畅通无阻。总之坚决不让这条重要的交通线中断，以保障后方物资源源不断送上战场。

美国媒体感叹说："美国和其他盟军的飞机一直在轰炸共产党的运

输系统，但他们仍有火车在行驶……坦白地说，他们是世界上最坚决的建设铁路的人。"

在天寒地冻的朝鲜，父亲不幸染上了斑疹伤寒。这是一种死亡率极高的传染病，父亲被送到师医院，在医院里昏迷不醒，高烧不止，整整5天后才醒过来，医生笑着说："小伙子，你去摸过阎王的鼻子了。"一个月后父亲才彻底康复。他全靠身体底子好，不但重返战场，身上的血清还救治了其他染伤寒的同志。

入朝第三年的秋天，父亲他们发现大宁江桥的其中一座桥墩有了一道裂痕，顿时万分忧心。桥墩出问题可不比桥面，事关重大。但裂痕是否严重，或者说有多长，有多深，需不需要重修，大家一时拿不定主意。因为如果要重修的话，就必须先修建拦截大坝，抽干河水，再开始修建，工程量非常大。更何况处于战争中，没有片刻的安宁，重修更是难上加难。

大宁江水深几十米，桥墩自然也是几十米高。为了彻底弄清情况，特别是水下的桥墩的情况，部队专门请了一支潜水队来探测。但潜水员潜到水底好几趟，上来说这里有裂痕，那里有裂痕，但裂痕多深，在什么位置，毕竟不是专业人员，表达不清楚。

父亲就向领导提出他亲自下水去看一下，以确定裂痕的位置和长度。领导就让父亲去潜水队做短暂训练。父亲的水性原本很好，小时候在剡溪里泡大（就是李白诗里写的"湖月照我影，送我至剡溪"的那条河），他的身体素质也很好。在短暂训练后，潜水队队长认为父亲没有问题，可以潜水了。

于是父亲就穿了潜水员的行头下水。当时已是10月。在朝鲜，10月的河水冰冷刺骨。父亲喝了几口白酒暖暖身子就潜入了水中。他在水底围着那个桥墩反复勘察，仔细琢磨，终于心里有数了。他上来向领导报告说："裂痕不严重，桥墩可以继续使用，货车和客车都可以通过，不必重修。"领导很吃惊，一再地问："你有把握吗?"父亲说有把握。

现在想，父亲真是太年轻了，如此责任重大的事情，也不知道给自己留个退路，说点儿有保留的话，就这么言之凿凿地表态了，完全是凭着他的技术和良心，丝毫没考虑其他。

领导仍有些难以决策，毕竟责任重大，仅凭一个年轻工程师的判断能行吗? 这时，上级派来帮助他们解决难题的工程师表态说，他相信父亲的分析判断，如果有问题，他愿意承担责任。这么一来，终于决定不重修桥墩，继续使用了。

后来的情况证明父亲的判断是正确的。那个桥墩始终没出问题。

由于父亲的精确勘察和正确判断，使得大宁江桥不但没有影响运输任务，还节省了大量的资金和人力。于是那位工程师提议给父亲报请二等功。大家也都觉得这是个重大贡献，应该立功。

可是，二等功报上去却没有批下来。一问原因，说是父亲在此之前刚刚受过一个处分。

父亲"挨处分"的故事，就更有意思了。

3个月前，父亲所在的部队接到一个重要命令：必须在10天之内将大宁江桥的正桥修通。可是，经过3年的反复轰炸，正桥已被毁得很厉害，按正常情况起码得修半年才能通车，就算是紧急情况也得两三个月的时间。可是上级下达了死命令，只给10天。因为和谈代表团的专列要经过正桥。当时专列已经到了距大宁江桥最近的一个车站，父亲他们都能看到一些外国人叼着烟下车来散步了。周恩来还亲自打电话来过问此事。如果10天内不能修好，就算违反命令。

军人以服从命令为天职，何况在战争时期。父亲和战友们只得全力以赴投入战斗。他们没日没夜、争分夺秒地干。父亲说，那10天里，他几乎没躺下过，实在太累了，就坐着打个盹儿，全靠年轻的身体和强大的精神支撑着。时值7月，正是洪水泛滥时期，又给抢修工作带来了新的困难。每个人的压力都很大，很焦虑。可是越急越出乱子，由于过度疲劳，一些技术人员在工作中发生了平时绝不可能发生的计算错误，以至于又延误了一些时间。

最终，他们在第十一天的晚上，修通了那座桥。但比上级要求的时间，晚了 28 个小时。因为这延误的 28 个小时，父亲和所有与此相关的人员都必须受处分，每人承担几小时。首先是团长被撤职，然后是科长、技术人员等，一路排下来。父亲作为工程师，承担了其中的 4 个小时，这四个小时的处分是行政警告。

这就是父亲此生唯一的一个处分的由来，而由于这个"行政警告"，他 3 个月后该立的那个二等功，也给抵消了。

讲到这里父亲无比感慨地说："我从军 38 年，立了 8 个三等功，就是没有立过二等功。你总算是立了一个。"

我也无比感慨地说："无论是你失去的那个二等功，还是你受到的那个处分，都比我得到的这个二等功更光荣。"

# 最 后 一 程

又是清明。屈指一算，这是父亲走后的第四个清明节了。

每年清明，我都会回杭州扫墓。站在父亲墓前，我总是在心里默默地说：爸爸，你在那边还好吧？清明的新茶下来了，记着泡一杯呀。晒晒太阳，跟陆游聊聊诗词，一定是你最享受的。

父亲最喜欢的诗人是他的老乡陆游。在病中父亲曾赋诗道："放翁邀我赴诗会，潇洒瑶池走一回。临行带上新龙井，好与诗翁沏两杯。"起初父亲写的是"潇洒黄泉走一回"，我们非要他改掉，我们不愿意面对那样的现实，哪怕只是一个词。

2012 年底，当得知父亲罹患癌症时，我以最快的速度赶回杭州。父亲见到我说："我麻痹了，被癌症搞了个突然袭击。"他说这话时，还笑眯眯的。我却一句也应不出来。父亲的身体一直很好，所以不只是他麻痹了，我们全家都麻痹了，还以为他会永远健健康康的，早起早睡，忙这忙那。接下来的 8 个月，父亲开始了与癌症的搏斗。所有能试的治疗方式，洋的、土的，都试了，所有能想到的药物和食物，也都一一服用了。但现实非常无情，不用看检验结果，我们也能感觉到父亲在一天天地衰弱下去，生命在一点点地离开他。

8 月的最后一天，父亲离开了我们。

纵使知道人终有一死，纵使明白他已 87 岁高龄，纵使清楚癌症无法治愈，我们依然悲痛万分，心如刀割。也许亲人离去的意义，就是让我们知道我们有多爱他。

而最让我无法释怀的，是父亲离开人世前的最后一刻，我没能守在他的身边，没能送他上路。

从父亲患病到去世，我一次次地去杭州，利用假期、利用开会、利用采风，甚至利用周末短暂的三天。成都杭州，杭州成都，反反复复。仅8月份就两次赴杭。即使如此，父亲离世时，我依然没能陪在他的身边。这样的遗憾，外人无法理解。甚至会有人问：你为什么不一直守在父亲身边？

我是军人，父亲是老军人，他一辈子严守纪律，也希望我一辈子严守纪律。春节离家时他就对我说："你不要再回来了，影响工作。回去后该干什么干什么，国庆节再回来吧。"我顺从地答应了。为了证明他生病并没有影响我的工作和写作，3月我去了云南边防，回来后还写了两篇人物报道，还写了小说。

但病情的发展让我越来越没有心思了，4月里我借采风活动再次回家，5月我借开会绕道回家，6月、7月，哪怕是周末，我也尽量回家。但更多的日子，只能靠姐姐和姐夫承担。父亲只有我们两个女儿，母亲的身体也很不好。这样的状况，让我的心里永远满怀歉疚，对父亲、母亲，对姐姐、姐夫。

父亲每次看到我，那神情是既高兴又责怪。我待不了几天他就开始催我："你该回去工作了。"怕他生气，我有时只好待在病房外面，等姐姐出来。

最后的时刻来临了。8月初的一天，姐姐打电话告诉我，父亲病情加重了，已不能进食，全靠输液维持。我心急如焚，再次赴杭。父亲看到我，连说话的力气也没有了，他努力抬起胳膊，点点我。我明白他的意思，他是说：你这个家伙，怎么又回来了？

彼时，杭州正经历着有史以来最炎热的夏天，我的心却冷到极点。更为煎熬的是，每天去医院，上午、下午，站在父亲的病床前，看着在生死线上挣扎的他，束手无策，仿佛在等那一刻的到来。这样的感觉非常糟糕。恰恰那段时间，我工作上又发生了诸多麻烦，于是在待了8天后，我又一次离开了。

可是回到成都仅仅4天，医院就正式下了病危通知书。接到姐姐的电话，我毫不犹豫地于当晚飞回杭州，生怕不能见父亲最后一面。朋友深夜在机场接我，送我到病房时已是凌晨。父亲处于昏迷中，完全不能言语，即使睁开眼睛，眼神也是涣散的。

但生命有时候非常神秘，谁都无法把握。在医生看来已完全没有希望时，父亲却顽强地活着。在下达病危通知书后，监视器的那些数据，心跳、血压、血氧仍显示正常。但我们知道情况不好，因为，我们时时刻刻都能听到父亲因为疼痛而发出的呻吟。父亲本是非常能忍耐的，这样的呻吟一定是痛到了极点。只有在注射了杜冷丁后，才能有几个小时的安宁。很多次，我听到父亲的呻吟，走到床边抚摸他的额头或者肩膀，他一下子就安静下来。我不知道是我的抚摸可以止痛，还是因为他感觉到了亲人的担忧，努力隐忍着？

这样的守候，真是备受煎熬的守候。

我不知道自己该怎么办。

我想起了我的两位军人朋友，都曾经历过与我相同的痛苦。

一位是师政委，常年驻守边关。得知父亲病危，他从边关日夜兼程地往回赶，汽车、飞机、汽车，马不停蹄。一下飞机就接到妻子的电话，催促说，快点儿，父亲已进入弥留之际。可是，当他赶到医院走进病房时，父亲奇迹般地睁开了眼睛，眼里闪出明亮的光芒和微微的笑意。所有人都惊呆了。之后，父亲的生命体征又恢复了正常。假期里，他寸步不离地陪着父亲。

那是汶川地震的第二年，他率部队救灾的事迹已被写进一本书里，父亲说想看这本书，但已经拿不动了，他就捧着书让父亲读，父亲读完后，脸上露出欣慰的笑容。10天的假期很快就结束了，他不得不离开。走的时候他对父亲说："我回去处理些工作，有空再回来看你。"其实他和父亲都知道，这句话很难兑现了。父亲闭着眼睛没有说话，他默默地转身离开。母亲说，他走后父亲睁开了眼睛，对母亲说，总算是见了他一面，没有遗憾了。

半个月后，父亲走了。噩耗传来时，他竟然因为有重要工作关了手机，家人费尽周折才通知到他，那一瞬间，他大脑一片空白。

最终，他没能送父亲上路。

另一位朋友，是位师长，入伍几十年，一直与父母相隔千里。父亲病重入院时，家里人感觉已过不去这个坎了，让他做好准备。他便把假期留着。到了9月，母亲感觉父亲已到了最后时刻，便通知所有的子女回去告别，他也回去了。可是，20天后，父亲的心脏依然顽强地跳动着，他的假期却结束了。他是师长，不可能那么长时间地离开岗位。母亲对他说："你走吧，你也算是送行了。父亲不会怪你的。"他只好离去。

没想到，在他走后第三天，父亲就离开了人世。母亲打电话通知他时，他竟然没接到电话，因为当地发生了地震，他正率部队开往灾区救灾，行驶在信号不好的路段，到达后才收到短信。那天夜里，他一个人坐在帐篷里，默默落泪。第二天，他依旧把部队带到指定地点，安顿好才飞回老家，匆匆参加了告别仪式，随即又返回灾区救灾。

他也没能送父亲最后一程。

眼下，我和他们面临着同样的痛苦。

其实今天的部队，已经很人性化了，家里有这样的事，是一定会准假的。可是，你无法确定什么时候请假是最合适的，你不可能频繁请假或一直在家待着，你毕竟承担着一份责任。

尤其是我的两位朋友，都是部队主官。与他们相比，我要好一些。我想多陪陪父亲，又怕父亲不高兴。备受煎熬之时，无法决定之时，我走到父亲床边轻轻问他："爸，我再陪你几天好不好？"他立即把脸扭向一边，表达出明显的不快。但是，当姐姐俯身对他说："我们让山山回去工作吧。"他竟然清楚地说了一个字："好。"

这是父亲昏迷 10 天后说出的唯一一个字，一句话。这是父亲留给我的遗言。那一天，是 8 月 27 日。我心如刀绞，决定走，决定遵从父亲的意愿。临走前，我附在他耳边说："爸爸，我听你的，回去工作了。"他闭着眼，微微点头。他听到我的话了！我强忍着泪，迅速离开了病房。

我回到成都后的第四天，8 月 31 日凌晨，父亲走了。最终，我没能送父亲最后一程。虽然我知道父亲不会怪我，但很长时间我都无法释怀，无法走出伤痛。

我，和我的两位朋友，都没能送父亲最后一程，我们都在父亲告别人世时，远在千里之外，因为我们有着共同的身份：军人。

**2017 年清明前夕**

# 山之上，有国殇

## 1

我很早就想去腾冲了。原先想去，是因为在电视上看到腾冲的和顺镇被评为"中国十大魅力小镇"，且排名第一。对于古朴的小镇，我历来很钟情，去过江苏的周庄、同里，去过浙江的乌镇、南浔，自然也去过四川的黄龙溪、尧坝、郪江、恩阳等地。看到和顺是第一名，我立即心向往之。

但真的下决心启程时，已经不是为了和顺。

9月18日，我们出发。选择这样一个日子去腾冲，并非有意为之，是刚好有这么一个空当儿。在机场办理登机手续时，我才突然意识到这一点，我对身边的王甜说："今天是'九一八'。"这位20世纪70年代出生的年轻上尉一个愣怔，重复道："对，'九一八'。"

为什么会是"九一八"？难道冥冥之中有谁在提示我吗？

就在这一天，成都上空响起了长长的、刺耳的警报声，与此同时，长春、杭州、南昌、昆明、合肥、呼和浩特、乌鲁木齐等全国上百座城市，也鸣响了警报。警报声呜咽着，穿透云层，直上九霄。我不知道苍天在上，会做何感想？

到达昆明后我们没有停留，马上转机去保山。起飞前，大雨突然倾盆而至，雨水哗哗地，从舷窗流下，模糊了我的视线。坐飞机数十次了，还从没见过这样大的雨。我心里隐隐地有一种莫名的悲伤。为什么我的心里总是充满悲伤？

我不知道，就在我莫名悲伤的时候，昆明城里也正在拉响长长的警报……九一八，还是九一八。

腾冲，这遥远的滇西古城，以一种什么样的心情在召唤我？

而我，又以一种怎样的心情在抵近你？

也许这样的抵近，起始于一周前决定出发的日子；或者起始于很久以前的某一天，第一次听到你的故事的日子；更或者，起始于我在小学课堂上，第一次知道抗战的日子。

## 2

让我简单概述一下 65 年前的往事。

1941 年 12 月，太平洋战争爆发。次年，日本侵略军仅用四五个月的时间，就击破了英、缅、印联军和中国入缅远征军的抵抗，占领了整个缅甸。很快，又从缅甸进犯我滇西。1942 年 5 月 3 日，日军攻入国门畹町，之后是芒市、龙陵，5 月 4 日轰炸保山，5 月 10 日占领腾冲……短短一周时间，怒江西岸的 3 万平方公里国土沦陷在了日本的铁蹄下。侵略者所到之处，"大肆抢掠，滥行烧杀，财物牲畜尽扫一空，死伤人民莫可计数。一时间，屋灰地赤，灭门绝户……"仅腾冲，就有几十个村庄被夷为平地。

之后，日本侵略者惨无人道地使用了生化武器，将霍乱、鼠疫等投入河流和深井，致使瘟疫在滇西迅速蔓延，顷刻之间，整个滇西尸横遍野，绝村绝户的比比皆是，自 1942 年 5 月起短短两个半月内，霍乱在云南发病总人数达 15 万以上，死亡人数达 12 万多！据不完全统计，自日军在滇西发动的霍乱细菌战被中国人民扑灭后，日军于 1944 年又实施了鼠疫细菌战，直至 1953 年鼠疫在滇西流行不断，仅传宏州就死亡 50 000 多人，全省鼠疫患病达七八万人。除此之外，日本鬼子烧杀抢掠，无恶不作，史书上有许多非常详细和具体的记载。滇西人民饱受苦难，滇西大地受尽凌辱，令我不忍一一复述。

写到这里我真的觉得太压抑了，不得不停下来喘息片刻。忽然就想起那位美籍华人女作家张纯如，忽然就明白她为什么会自尽了。对一个敏感、善良的女性来说，每日埋首在这样的历史中，真是一种残酷的折磨。仅仅是短短的几天，我就觉得如此沉重压抑，她却经历了数年时间。

可是我必须写下去。虽然写这段历史的人已经不少了，记载这段历史的书也不少了，我还是想用我的笔再写一次。

我想写，不是为了回顾苦难，而是为了苦难中不屈的灵魂。

我想写，也是为了弥补自己曾经的浅薄和无知。

1991 年我曾到过滇西，到过保山、怒江、瑞丽、畹町。在保山时，主人给我们介绍的重点是缉毒。我们还参观了一家戒毒所。在瑞丽，我们也仅仅看了通商口岸和美丽的丽江。我丝毫不知道自己踏上了一块怎样的土地。

让我感到羞愧的是，就在那个时候，我的朋友邓贤，已经完成了一本关于滇西抗战的长篇纪实文学作品《大国之魂》。他也送了我，可我当时仅仅因为它是"写打仗的"而没有阅读。

此次滇西归来，我把《大国之魂》找出来认真读了一遍，为自己的浅薄而羞愧，更为邓贤的热血和勇气而感到由衷的敬佩。远征军的历史虽一度被尘沙掩埋，但他们不死的魂灵始终在滇西上空飘荡着、呐喊着。邓贤的父亲曾是远征军中的一名士兵，他身上流淌着远征军那无法冷却的热血，令他成为那些不死的魂灵的呐喊者。

## 3

我们到达保山时，已近黄昏。

高原的阳光依然明亮，从车窗望出去，田野里的稻谷橙黄一片，美丽安详。保山是个粮仓，最高处海拔虽然有 3600 多米，但地势平坦，雨水丰沛，阳光充足，是个产粮宝地。

接待我们的和干事是位纳西族青年，见面后我就问他："1942 年日本侵入滇西时，保山的情况怎么样？"他告诉我："保山在日本侵略者侵入之初就受到重创，时至今日，每年的 5 月 4 日，保山全城都会鸣响警报，纪念、哀悼、吊唁、铭记 1942 年 5 月 4 日那悲惨的一天。"

1942 年 5 月 4 日，滇西重镇保山突降灾难。那天本是保山的集市日，又是五四青年节，街上挤满了人，有从缅甸逃难过来的华侨，有前线溃退下来的远征军士兵，更有当地集会的学生和赶场的百姓。

中午 12 点，天空忽然黑压压的一片，日本侵略者的 50 多架飞机突临保山上空，对保山进行了大轰炸。炮弹密集猛烈，人们毫无准备，一时间血肉横飞，惨叫遍野，整个保山城陷入了闻所未闻的恐怖灾难中。5 月 5 日，敌机再次飞临，在尸横遍野的土地上又一次进行了灭绝人性的大轰炸。资料记载，大轰炸毁坏房屋 3000 多间，炸死百姓近万人，有主掩埋的尸体近 3000 具，无全尸首，而为地方派人掩埋者 6000 多具，城内的上水河和下水河，整整两天流淌的都是红色血水……

啊，保山，不能忘啊。仅仅每年拉响一次警报，是远远不够的。

我们去了保山市博物馆。

保山历史悠久，是著名的"南方丝绸之路"的重要驿站。南方丝绸之路，是指公元前 4 世纪左右逐渐形成的一条自四川成都，经保山通往缅甸、印度、尼泊尔、阿富汗等国的通道。一些专家认为这是中国最早的对外陆路交通线，也是我国西南与西欧、非洲、南亚诸国交通线中最短的一条线路。

日军大肆轰炸保山，一个重要的目的，就是毁掉这个枢纽。

若不是有高黎贡山和怒江的阻挡，日军的铁蹄早已踏进保山，保山可能将像腾冲一样沦陷了。

了解那段历史的人都明白，日本侵略军入侵滇西，其真正的目的不会简单到烧杀抢掠、践踏百姓、毁坏房屋，那样做只是他们罪恶本性的自然表现。他们的军事目的，他们的野心，是为了切断盟国对中国的援助，让中国陷入孤立，以达到彻底占领中国之目的。

日军的侵入，让原本是大后方的云南，一瞬间变成了抗战第一线，红土高原上立即展开了一场国家与民族存亡的拼死之战。

可很长一段时间里，我对这段重要的历史竟然一无所知。

汗颜。

博物馆有一个专厅，介绍了那段岁月里的保山，尽管只是图片和数字，也压得我们心里沉甸甸的。在那个时候，我特别迫切地希望早些到腾冲去，也许在腾冲，压在心里的石头可以掀开。

之后，我们来到了保岫公园。公园内极为安静，没什么游人，花草葳蕤，树木森森，翠绿一片。可我知道，这里曾有无数青年喋血青山：64 年前的那场惨无人道的大轰炸，也没有放过这里，那一天正好有成百上千的保山青年在这里聚集，纪念五四青年节，聚会刚刚开始，日军敌机就开始了大轰炸，一瞬间，无数的青年命丧黄泉，公园里血迹斑斑……

64 年过去了，公园里仍有一股悲凉的气息。

不知道如今的五四青年节，保山的青年是怎样过的？

他们是否都知道，他们的先辈过了一个这样的五四青年节？

# 4

第二天，我们翻过高黎贡山，去腾冲。

如今的高黎贡山已经很好走了，虽然回头弯很多，但全是柏油路，车速可以保持在 50 迈。我们从保山过去，稳稳地，也就走了 3 个多小时。正午到达。

在高黎贡山顶，我们停车片刻。

山风阵阵，阳光朗朗，即使在臆想中，你也听不见一星一点的枪炮声了。战争似乎从来没有降临在这里，在这样的寂静中，遗忘历史是一件很容易的事。

但你若知道那段历史，你就能听见枪炮声和呐喊声。当年远征军反攻腾冲时，仅仅翻越高黎贡山，就付出了惨重的代价，牺牲了成百上千的将士，他们几乎是用血肉之躯蹚开了反攻的道路。

下山，入城。腾冲终于出现在了我的眼前。

看上去，它是一座非常普通的小城，不同之处在于，它显得非常干净、整洁，且没有喧哗。房屋的建筑样式与街道的格局，与我去过的其他县城差不多。但我知道，从前的腾冲不是这样的，从前的腾冲是一座石头城，厚厚的城墙将它四面合围，里面有许多老式楼房、院子、牌坊，以及亭台楼榭，一条条古朴的石板路遍布全城，通向城外，通向东南亚。它们是丝绸之路，它们是茶马古道。

腾冲被称为"中国翡翠第一城"，还有个重要原因，它是玉石的重要产地。全城有许多百姓以加工玉石为生，晶莹剔透的翡翠为他们带来了富足、安宁的生活。

腾冲开发得很早，早在西汉时期就有商道经过这里去往东南亚。近代以来，更由于大量的人出国谋生，使其成为著名的侨乡。中西文化荟萃，社会开放，商业繁荣，使腾冲成为滇缅边境之要冲，西南边陲之重镇。那个时候的腾冲，犹如滇西的一块宝石，安静地闪动着熠熠光泽。

而我眼前出现的腾冲，已不是历史上那颗宝石了。那颗宝石在 60 年前就消逝了，不是粉碎，而是荡然无存。

1937 年 8 月到 1938 年 8 月，在盟军的帮助下，中国军队和云南人民历经千难万险，以平均每公里牺牲 50 个人的代价，修筑了一条从大理经保山，经腾冲到畹町，到缅甸，而后直通印度洋的滇缅公路，这便是著名的"史迪威公路"。史迪威公路成了当时中国接受国际援助的唯一通道。有了这条通道，援华物资就可以比较安全地从缅甸的港口上岸，运往中国了。这条穿越高山、丛林、怒江、大川的公路一通车，抗战物资便源源不断地进入了中国。

64 年前日本侵略者从畹町侵入滇西后迅速占领腾冲，就是因为腾冲非常重要的地理位置。占领它，就掐断了滇缅公路，扼住了抗日通道，对中国的抗战是一个致命打击。

1942 年 5 月 10 日，是腾冲的历史上一个耻辱的日子，一个令人齿寒的日子：292 名日本兵不费一枪一弹就占领了腾冲。在此之前，腾冲的县长和守军抛下百姓先期逃离了，之后，27 万腾冲人扶老携幼全部逃难而去，留下一座空城，留下一曲哀歌。

中华民族的历史上，又多了一个黑色的日子。

为什么我们的民族会有那么多黑色的日子呀？九一八事变、七七事变、1937 年 12 月 13 日南京大屠杀，还有 1860 年 10 月 18 日的八国联军火烧圆明园……

不忍列举。

# 5

但腾冲大地毕竟是一片有血性的土地，腾冲人的先辈，多是明清时期守卫边关的兵勇，保家卫国、不惜生命的精神已融入了他们的血脉。腾冲那方土地，有90多处火山锥、80多处地热泉群，这样沸腾的大地养育了热血的民众。腾冲人民很快就组织起来，以各种方式开展抵抗，和侵略者浴血奋战，为收复失地而战。

在腾冲沦陷的第六天，腾冲的地方武装护路营就在营长李从善的带领下伏击了日寇，打响了滇西守土抗战的第一枪。在激战一个多小时后，击毙日寇44人，护路营和当地自卫队员及民众牺牲了47人。

越是力量悬殊的反抗，越令人敬重。

10天后，又有一位叫杨绍贵的镇长，率三十几位壮丁，手持毛瑟枪、铜炮枪和斧头，配合第二师五团第三营，袭击了日军辎重队，击毙敌人83名，获得兵器弹药百余驮。杨绍贵等20余人英勇牺牲。

还有一位令人肃然起敬的军人：陆军第二预备师师长顾葆裕将军。在滇西沦陷的两年时间里，顾将军率部队偷渡怒江天险，孤军深入敌后，在腾冲人民的配合下，实施游击战，一年作战百余次，歼灭日军上千人，立下了卓著的功勋。

至今在战场遗址上，还有一块石碑，上书3个大字"战士冢"。黄土下掩埋着在沦陷的岁月里拼死反抗的英雄们。

他们是真正的战士。

这里我不能不写到腾冲的两位老者：张问德、李根源。

张问德，腾冲县人，早年曾担任过腾冲参议会议长、省府秘书。腾冲沦陷时，已经62岁的他赋闲在家，眼见日本侵略者的铁蹄踏进家乡，他毅然出山，慷慨就任，做了腾冲县长。他在腾冲发动了全面抗战，集合了千余名抗日志士，筹办训练班，组织民众武装，抢运抗战物资。日寇扫荡腾北时期，他随军8次翻越高黎贡山，途中坠马，口鼻流血，右手脱臼，但意志弥坚。最让我震动的是，当日军驻腾冲行政班本部长田岛寿嗣致函张问德，企图动摇其抗战信心时，张问德立即写了《答田岛书》，严词驳斥，大义凛然，一时间全国大报均予以刊载。张问德因此被誉为"全国沦陷区500个县县长的人杰楷模"。

李根源，这位从来就是很有骨气，很有正义感，别号高黎贡山人，早年曾参加过北伐，参加过护法运动，做过陕西省省长。日军入侵前，他是云贵监察史。日军入侵滇西后，李根源力主建立和坚守怒江防线，反对后退，并致电蒋介石，慷慨陈词，请缨西上御敌。行前他发表了著名的《告滇西父老书》，正气凛然，慷慨悲壮。

民众在他的鼓舞下热血沸腾，纷纷参军奔赴抗日前线。之后63岁的他又抱病前往保山前线，训练青年充实军队，积极组织抗日队伍。有人劝他退居大理，他回复道："誓与保山共存亡，不可去，不能去。"

张问德和李根源，这两位血气方刚的老者，正是腾冲人民的杰出代表。

他们分别留下的那两份文稿《答田岛书》和《告滇西父老书》，已成为腾冲历史上最珍贵的著作，永垂青史。

还有许许多多值得记住的人，我在《极边第一城的血色记忆——腾冲抗战见闻录》一书中看到了他们。他们中有军人，有读书人，有生意人，有官员，有村民，他们以各种方式高扬着他们不屈的灵魂，他们用鲜血书写着他们绝不做亡国奴的誓言。

6

但毕竟，腾冲城依然沦陷在侵略者的铁蹄下。城内的日军不但耀武扬威，而且建工事、挖战壕，摆出永久占领的姿态。

两年过去了。腾冲城在敌人的魔爪下受尽屈辱。

1944 年 5 月 11 日，在腾冲人民的热切期盼中，中国远征军终于打响了光复腾冲的战斗！

虽然这一天来得有些迟，但它毕竟来了。

第二十集团军以 6 个师的兵力强渡怒江天险，翻越高黎贡山，分三路合围腾冲。先是打下了环绕腾冲城的来凤山和蕙凤山，占据了这两处制高点，之后再强行攻城。在盟军空军火力的强力支持下，炸开了几处厚达 1.8 米的城墙，远征军便冒着炮火攻入城内。

从强渡怒江天险到攻进腾冲城，就用了 3 个多月的时间！之后远征军在腾冲城内与日本侵略者进行了数十天的巷战和肉搏战，因为日军在城内修筑的工事十分牢固和复杂，只能一点一点地攻克，逐屋逐巷地争夺……

我实在不善写打仗，好在邓贤的《大国之魂》里，关于这一仗是怎么打的有详细的描写，亦很精彩。我只能概括地说，腾冲光复战持续了 4 个多月，从 5 月一直打到 9 月，历时 127 天。这期间，腾冲县政府发动 46 000 多名民工，为远征军运送弹药粮秣，抢修桥梁公路，其中 1 万名民夫翻山越岭，如龙似蚁，将 60 万斤军粮运抵腾冲，甚至有的百姓将自己煮熟的饭菜直接送往前线……

血性的土地滋养着血性的忠勇之士，在漫长的艰苦的反攻中，中国远征军将士以鲜血，以生命，以屈辱的魂灵与侵略者进行拼死决战，终于在九一八事变纪念日到来之前，将腾冲从日本侵略者手中夺回来了！漫长的、沦陷的日子终于在第 857 天结束了。1944 年 9 月 14 日上午 11 点，远征军第二十集团军总司令霍揆彰中将向远征军总司令卫立煌报告："腾冲日军全部消灭，我军占领全城。"

虽然夺回的是一座片瓦不存的废墟城市，虽然夺回的是一片寸草不存的焦土，虽然夺回的代价是浸透了红土地的鲜血和数不清的年轻生命，但对于中国人民来说，它的意义非同一般，它创造了三个"第一"：第一次取得战略反攻的全面胜利；第一次全歼入侵之敌；第一次在全国收复一座沦陷的县城。腾冲，成为第一座中国人民的雪耻之城！

之后，中国远征军乘胜追击，继续浴血奋战，在11月11日收复了龙陵；再之后的12月，又相继攻克了芒市、遮放、盈江、瑞丽；到1945年1月，终于将日本侵略者从畹町赶了出去，将中国旗帜插到了畹町。至此，滇西失地全部光复！

凤凰浴火，涅槃再生。

## 7

我们参观到腾冲光复战时，年轻的王甜有些遗憾和痛心地说："为什么他们这么晚才发起攻击呀？为什么在日本鬼子占领两年之后才打回来呀？"

我理解她的心情，我也希望历史是另一种情形。但我无权诘问我的先辈们。我能做的，就是向他们表示深深的敬意，毕竟，他们雪耻了，他们把侵略者赶出了家园，他们用生命挽回了尊严。

所谓浴血奋战，在腾冲光复战中绝非一个简单的形容，而是最真实的写照。在腾冲光复战中，远征军官兵阵亡9168人。

壮烈赴死的将士们，魂归何处？

终于写到了国殇墓园。

其实写这篇文章，最初的动因就是国殇墓园。文章的题目，亦取自国殇墓园。可是要进入墓园，必须经过前面那漫长的、艰辛的、痛苦的岁月，这于那些长眠于墓园的将士是如此，于我亦是如此。

因为这墓园的存在，我在写作这篇文章的整个过程中，心一直被堵着、揪着、压着，以至泪水盈满眼眶。

在此之前我就听人说，腾冲有一个很大的抗战将士墓园，并有一座滇西抗战纪念馆。可去时脑海里并无具体影像，甚至没去猜想过它的样子，只知道这座墓园建于61年前的1945年。

腾冲光复后，时任国民政府委员兼云贵监察史李根源提出为阵亡将士建立陵园，让人民世代不忘国耻家恨，永记烈士英名，并将每年的9月14日定为"光复日"。他们的这一号召得到了腾冲民众的积极响应，虽然当时的腾冲没有一座房屋不被毁，没有一片树叶不被炮火击中，满目疮痍，一片焦土，百废待兴。但人们还是毅然决定先隆重安葬阵亡的烈士们。全园占地88亩，涉及自家田地的百姓，都毫不犹豫地让出，同时，人们踊跃地捐钱捐物，短短数天，墓园建筑委员会就筹到捐款7500万元，数目相当惊人！其中6000万用来修建墓园，剩余的用来维护、修缮。墓园于1944年冬动工，1945年七七事变纪念日那天正式落成。腾冲百姓全城出动，举行了隆重的落成典礼。李根源老先生在墓园落成典礼上动情地说："父母虽生其身，但不能保其死。腾冲土地之收复，人民生命之保存，此乃阵亡将士以热血之代价为吾人创造而成。则吾人为父母之孝子外，亦当为克复腾冲阵亡将士而服丧。"

从那时起，以后的每一年，每一年的9月14日，腾冲百姓都会到这里来祭祀，如同祭祀他们的祖先。可敬可爱的腾冲百姓啊，有情有义的腾冲百姓啊。你们的情义让我动容，让我敬重。在后来我去了其他几个地方后，这样的感受更深了，如龙陵，如芒市，如瑞丽，如畹町，这些当年滇西抗战的重要战场，没有一处修建有这样的纪念园地，甚至没有一处修建抗战纪念馆。

无论有怎样的理由，一个民族都不应该忘记它的英雄，一个国家都不应该忘记为它捐躯的忠诚战士。

8

我们到达腾冲的当天，就去了国殇墓园。

在一条不起眼的小街上，我们走进了墓园。大门非常简朴，白色的墙体，青色的装饰图案。门楣上是李根源老先生题写的"国殇墓园"四个字，门旁挂着一块木牌，上书"滇西抗战纪念馆"。木牌小而旧，昭示着岁月的长久和冷清。院内松柏苍翠，格外肃穆，似有一种特别的氛围。

陪我们去参观的独立营教导员不多言语，直接将我们带了进去，走过展览室，走过忠烈祠，直接走到后山。

那天是阴天，走到山前我顿时感觉有些阴森，成片的松林覆盖着眼前的一座小山，四周寂静无声。我们沉默着，拾级而上。我看见山顶有一座方尖碑。教导员说："那是腾冲战役纪念塔。"我问："墓碑呢？不是说有很多墓碑吗？"教导员说："这不是墓碑吗？"

他朝我脚下指，我一低头，突然打了个战，下意识地朝后退了两步，天哪，密密麻麻地，从我的脚下一直延伸到山顶，全是灰色的、石刻的墓碑！我在毫无心理准备的情况下，撞上了烈士的魂灵，我的一只脚几乎抵住墓碑了。我啊了一声，又啊了一声，内心一阵战栗，腿有些软。

那么简朴的墓碑！那么冷清的墓碑！那么密密麻麻的墓碑！它们遍布整个山坡，遍布松林间，遍布乌云之下。有的墓碑上已生满青苔，有的墓碑已被荒草遮掩，但一眼望去，它们如同一颗颗不屈的头颅从地下倔强地伸出，昂首人间。

我忽然就明白了，为什么一走进国殇墓园，就有一种肃穆的感觉，为什么一走到这座山前，就觉得心里悲凉，有那么多的魂灵啊，有那么多不死的生命在看着我们哪。

我一句话也说不出，只是默默地，一张又一张地拍照，一遍又一遍地低下身来，辨认墓碑上的名字，一个又一个地去猜想，那碑下年轻的面孔。我们围着整座山走了一圈，以便在心里向每一位烈士的英灵鞠躬。烈士们仍以生前的序列站立，一个班一个班，一个排一个排，一个连一个连，最后是营、团、师。仿佛他们仍在时刻准备着，等待命令，然后大踏步地走向战场。

我默默数了一下，墓碑有72行，每行约50块。

我后来看资料得知一共是3346块墓碑。同时，在国殇墓园的忠烈祠内，还镶嵌着100多个方石碑，每一个石碑上都刻满了阵亡将士的名字，计上万人，几乎囊括了在光复腾冲战斗中阵亡的所有将士，它们与山上的墓碑同时雕刻，同时安放，以供腾冲人民每年来此祭奠和怀念。

在墓园的另一处，还安葬着为帮助中国人民的抗战事业而阵亡的19名美国官兵，他们的墓碑以西方人的方式平放在草坪上，安详宁静。墓碑上方的石碑上写着"盟军抗日阵亡将士纪念碑"。石碑左右两侧雕刻着口衔橄榄枝的和平鸽。

我们拾级而上，一直走到山顶的纪念塔前。我为自己这么迟才来到这里感到歉疚和沉重，无论有怎样的理由，都不该遗忘他们。纪念塔的全称是"中国远征军第二十集团军攻克腾冲阵亡将士纪念塔"。塔高10米，塔身已被岁月冲刷得斑驳了。塔身上刻着第二十集团军总司令霍揆彰所写的《第二十集团军腾冲会战概要》一文。

四周静得不能再静了。我站在那儿俯瞰整座山，忽然发现它就是一个巨大的坟茔。这样一座坟茔静卧在腾冲，腾冲的后代怎能将那段历史遗忘？腾冲的土地上怎能重演令人齿寒的一幕？

我相信这样的墓园，在全中国仅此一处。

我亦希望这样的墓园，今后不再有。

从纪念塔下来，我回望山坡，忽然发现天晴了，暖暖的阳光穿透松林，洒落在墓碑上。我的心里稍稍得到些宽慰，仿佛看到了那些战士的笑容，尽管他们依然无声无息，安静地立在那里。

我打开本子，将在展览室看到的 6 个字记了下来：

"山之上，有国殇"。

不知怎的，忍了一下午的眼泪突然涌出。

**2006 年 10 月于成都北较场**

# 高 原 三 章

## 之一，青春守边关

我去过很多次日喀则，却从来没到过樟木。也许我和樟木的缘分深埋在岁月里，不到今天就无法显现。

樟木是中尼边境的一个小镇，也是一个历史悠久的通商口岸。海拔只有 2300 米，青山绿水，完全不像西藏高原。所以一到樟木，我的呼吸就顺畅了，脑子就清醒了。

难怪樟木边防连的最高长官对我说："我们在这里很幸福。"他说的幸福，是相对于他原来所在的岗巴营，那里海拔 4700 米，完全是一个不宜人类生存的世界。

这位最高长官，就是"80 后"指导员曹德锋。

曹德锋长了一张娃娃脸，说话总是带着笑意。西藏的紫外线没让他变黑，但已经有了"红二团"。虽然从军龄上说我是老兵他是新兵，但就进藏而言他是地道的老西藏，已经 15 年了。我问："你是八几年出生的？"他看我拿着本子在做笔记，就说："我是 1982 年出生的，但你就写 1981 年吧。"我问："为什么？"他说："当兵的时候年龄不够，我自己改大了一岁，档案上现在都是 1981 年了。"

在后来的采访中，我又遇到两个为了当兵把年龄改大的西藏军人，想想那些为了当官把年龄改小、小到比弟妹老婆都小的人，真会觉得这人和人之间，竟有那么大的不同。

如此，曹德锋是17岁入伍的，而且是背着父母偷了户口本去报名的，而且是主动要求到西藏的部队的。那是1999年。说到动机，很简单，一是他三叔是军人，给了他很多向往；二是家里困难，当兵可以给父母减轻负担。当武装部把通知发到他家时，他父母大吃一惊。父亲很生气，母亲却开明地说："去吧，男孩子，闯闯也好。"

可是这个"闯"，却非同一般。在日喀则新兵训练的3个月，曹德锋苦到哭，给父母打电话时哽咽得说不出话来。住土坯房，高寒缺氧，这些都不够列入苦的名册。每天顶着风沙训练，摸爬滚打，也是应该的。要命的是，曹德锋的胳膊和膝盖都受了伤，依然得一瘸一拐地参加训练，不然怕老兵骂他装蒜。后来胳膊上的伤口化脓感染，血水渗透了棉袄，才不得不去卫生队包扎。

曹德锋伸出他的双手给我看，每一个手指头的关节都偏大。他说，这是在沙砾地上做俯卧撑做的，变形了，恢复不到以前了。

这么苦了3个月之后，甘也没来，新兵训练结束，曹德锋直接被分配到日喀则海拔最高的边防营：岗巴边防营。驻地海拔4700米，是一个我去了绝对睡不着觉的地方。由于文化程度相对较高，人机灵，他被选中当了通讯员兼文书。第二年便申请考军校，去了分区举办的文化补习班（相当于高考班），渴望通过读军校改变命运。

曹德锋在补习班的学习成绩名列前茅，对于考上军校信心满满。但是，挫折再次降临。组织上忽然发现，他的"档案有问题"。原来，当兵体检的时候，一个医生给他填体检表时，把学历写成了初中，曹德锋看到了及时纠正说："我是高中。"那个填表的医生满不在乎地随手将"初中"二字涂掉，改成了"高中"。就是这么一涂，变成了"档案有问题"。因为，组织上有理由怀疑是他自己改的。

负责补习班的干部很同情他，说："给你3天时间吧，你打电话让家里想办法去改过来。"曹德锋苦笑着说："我上哪里去想办法？我父母都是农民，我一个当官的也不认识。"而且，那个时候通信联络也非常不便，打电话找个人都难。他只能眼睁睁地看着自己错过了高考，打起背包回到了连队。

听到这里我真是觉得又心酸又生气，那个可恨的医生，真可谓"草菅人命"啊。一个人的命运，却在不经意地被另一个陌生人改变了。曹德锋很生气，却没有气馁，于当年年底申请改为了士官。他说："我吃了那么多苦，当两年兵就回家，不甘心。"

其实曹德锋不甘心的，不仅仅是当两年兵就回家这一点。

成为士官的曹德锋，开始进行他人生的第二场战役，即成为一名军官。既然通过考军校成为军官的路被档案上一个潦草的涂改堵死了，那他就走另一条路：从战士直接提干。

这条路非常艰难，不亚于攀登珠峰。有几个硬杠杠是必须满足的：入党、当班长、立两个三等功，加上民主评议。曹德锋开始默默地、一关一关地过，一场战役一场战役地打。这个农民的儿子，没有任何背景，也没有任何人生导师的指引，全凭本能，开始了攻坚战。当兵第三年他调到了生产营任司务长（相当于班长），连队的生产建设在他的努力下一举成为先进典型，立了一次三等功，并且入了党。接下来，他代理排长，因管理有方，工作成绩突出，又立了一个三等功。这期间的艰辛和努力，我这100多字远远不能表达其中的万分之一。《钢铁是怎样炼成的》这本书也许可以替他表达一下。

2005年，曹德锋作为优秀班长，终于直接从战士提干了，整个分区就四个人。他终于打赢了这场他主动发起进攻的战役。接下来他一鼓作气，在昆明陆军学院继续战斗。刚进校时，他属于"差生"，体能和各科成绩都赶不上那些野战军来的学员。他就每天晚上点完名之后，约上两个同是西藏部队的学员到操场上去加班锻炼。一个学期后就赶上了，无论是体能，还是各科成绩，都进入中上当上了排长。

曹德锋笑眯眯地对我说："当兵十几年，我的体会是，要敢想敢干。认定的事，就全力以赴。像战士提干这件事，我有好几个战友都符合条件，但他们都放弃了，觉得太难。我就是不愿意放弃，一直努力，一直努力。"

我笑道："你像许三多。"

他说："我没有退路。"

提干后的曹德锋，其故事还有很多。比如在岗巴，他在反蚕食斗争中表现出色，立了功，被提为副指导员。我问他："反蚕食斗争都有哪些具体的事儿呢？"他就简单说了些情况，并熟练地背出一些斗争原则。但我再具体追问时，他竟很老练地说："这个不便多说。"

## 之二，吟唱高原

何海斌斜斜地靠在越野车旁，跟几个走过他身边的藏族小学生打招呼，逗他们，小学生也笑嘻嘻地反过来逗他。我一眼看见，心里一动：黑黝黝的脸庞，加上一副自在的神情，如果不是那身衣服，他可真像个土生土长的西藏人。

何海斌是拉孜县人民武装部政委、上校军官。他的另一个身份是诗人、我们《西南军事文学》的作者。所以，当我在路上发生严重的高反，被同行的三位坚决阻止继续往前走时，他立即说他来接我回去。

所谓"往前走"，就是去海拔更高的边防团；所谓"回去"，就是返回日喀则。我自然是服从了。虽然半途而废有点儿没面子，但面子比

155

起性命总是次要的。

一旦做出决定，何海斌便以军人的果断和迅速出现在了我的面前，370公里的天路他仅跑了4个小时，令我十分感动；但同时，他又以军人少有的絮叨陪了我一路。每当我因为缺氧昏昏欲睡时，他总会把我喊醒，"山山老师，我跟你说嘛"，或者，"山山老师，你看过某本书没有"，我有点儿恼火，又有点儿心酸。在西藏，尤其是在武装部，寂寞是最大的敌人。偌大一个院子，只有几个人影在晃动，一天到晚说不了几句话，好不容易逮到一个可以聊天的，还不可劲儿聊？

何海斌算是个帅哥，一米七八的个子，端端正正的模样，练过武术又站过军姿的身板，很挺拔，加上黑黝黝的脸庞。这样一个帅哥军官是个话痨，你一定想不通。他应该像高仓健那样不正眼看人，领子竖起来，默默望向雪山才对。

但是没有。他就是不停地说话，讲西藏的风土人情，讲边防上的大小事，讲他读过的书、看过的电视，甚至讲一些我根本听不清楚的话语，不知其中有没有他写过的那些诗？

朋友告诉我
高原的阳光可以
装入小小的移动硬盘
打开电脑
在咖啡与音乐下
自由与甜蜜地回忆

我却喜欢
用自己的方式抚摸
高原阳光

喜欢阳光下酽酽的酥油茶
和雪山下艳艳的风马旗

　　这首诗发表在我们的刊物上，很长，叫《高原的阳光》，这是开头几句。从这几句里，你能感受到何海斌与高原非同一般的感情。他不善于口头表达，但他把他对高原的深厚情谊都写进了诗里。

　　而我，已被高原反应折磨得完全没有了诗意。无论何海斌说什么，我都只能是有一搭没一搭地应着，无法与他对谈。我感觉很对不住他，却也无奈。

　　终于在下午两点，到达了定日。

　　我们的线路是这样的：从樟木出发，经聂拉木、岗嘎、定日、拉孜，最终到日喀则。定日是中间站，我们便停下来吃午饭。当时已经是下午两点多了，我很饿。

　　定日县平均海拔 5000 米，是去往珠峰必经的县。换句话说，珠峰就在定日县境内。所以定日的旅游口号是：到定日看珠峰。定日又分老定日和新定日，前面我们经过的岗嘎，就是老定日。

　　对于老定日岗嘎，我有着极为深刻的记忆。

　　早在 20 世纪 80 年代我第一次进藏时，就和另外 3 位作家一起到过定日。那次我们坐了辆老旧的北京吉普想去樟木，走到岗嘎时轮胎爆了。我们便在老定日唯一一家修车店补胎。等补好了轮胎，师傅告知我们没电充气。他扔了个打气筒给我们，让我们自己打。于是在海拔 4000多米的地方，我们开始玩酷，用自行车打气筒给汽车轮胎打气。我们 5个人是这样分工的，男的每人打 100 下，女的每人打 50 下。凭我们的一双手，还真把轮胎给打足了。年轻真是好，我吭哧吭哧打了 50 下一点事儿也没有。不过等我们继续前行时，更多的问题出现了，水箱漏水，发动机故障……我们只好打道回府。于是，樟木这个著名的边境口岸，我直到迟到了 25 年后的今天才得以抵达。

我把这个故事讲给何海斌听，他哈哈大笑说："我当时要是在，一定不让你打。"我说："你那时候在哪儿？正在读中学吧？"他说："是，我 1992 年才进大学。"

当兵前的何海斌是大学体育系的学生，专攻武术。为什么要学武术？是因为小时候他和弟弟经常被人欺负。为什么被人欺负？是因为外公和爷爷都出身不好并且有历史问题。但这个体育生却非常热爱文字，一进大学就加入了新闻写作社团，在那个社团里他学到了很多东西，以至于入伍后大大派上了用场。

1995 年，即将大学毕业的何海斌，赶上了西藏部队去学校招收军官的机会，他立即报名，过五关斩六将，穿上了军装，来到高原。在教导队集训 3 个月后就当上了排长。因为思乡，他在笔记本上写了些关于边关和故乡的短句子，被领导无意中瞥见，立马作为写作人才，调去当宣传干事了。

我们来看看何海斌的长短句吧。

> 一本军旅作家的诗集
> 是属于哨所的
> 静静地搁置在窗台
> 封面已悄然剥落
> 也不知曾被多少人轻轻翻阅
> ……
> 我深知钢铁般的兄弟
> 以诗人的浪漫
> 坚守了一个冬季的寂寞

摘抄的诗页

是否已寄给远方的她

在哨所坚守的日子，他写下了很多这样的诗句。这些诗不仅陪伴着
他熬过那些艰苦寂寞的日子，也陪伴着他的兄弟们熬过一整个冬天都困
在雪山的单调到发疯的日子。

很多人以为

我们属于寂寞的人群

荒凉的戈壁

飘动的风马旗

偶尔出现的羚羊

是我们全部的记忆

······

寂寞　孤单与孤独

是世人给予我们的另类解读

忠诚　国家与责任

才是我们作为军人的全部

静，天下太平美满和谐

动，雷霆万钧气吞山河

他当了两年干事后，又回连队当指导员，又上机关当股长，又回营
里当教导员，又到机关当科长，上上下下，始终都在艰苦的日喀则地
区，那张黝黑黝黑的脸就是明证。樟木的"80后"指导员曹德锋，就
曾经是他的部下。所以，关于反蚕食斗争，何海斌也是有很多事迹的，
是立过二等功的。

可是，等我们在拉孜县人民武装部面对面坐下时，他居然木讷得要命，啥也说不出来，路上的那个话痨不知哪儿去了。

我启发他："你在岗巴待了 3 年，岗巴是出了名的艰苦，平均海拔4700 米以上，我在那儿才一个晚上都睡不着，头疼欲裂，你那么长时间，还要执行任务，就没什么记忆特别深刻的事情吗？"

他说："没什么呀，就是那些事，工作，训练；训练，写稿子，上课，没有什么特别的。"

我继续启发他："你好好想想，你去了那么多次一线哨所，就没有比较特别的记忆吗？"

他想了半天，居然给我讲了一件让我哭笑不得的事："我刚当兵没多久，在教导队参加集训，条件特别艰苦，一个月都洗不上澡。后来实在太难受了，我就和几个战友提着水桶，跑到猪圈里去冲了个澡。哈哈，这个事我印象特别深。"

何海斌咧开嘴笑起来，见我错愕，连忙补充一句："那个猪圈是个废弃的空猪圈。"

我只好回家查资料，一查还查到了，关于他的事迹，很多。

何海斌在岗巴营任教导员期间，正是边境斗争比较复杂激烈的时期，所以他光是带队巡逻就多达 150 多次，行程近 20 000 公里。（也许是次数太多了他感觉很平常？）那不是一般的巡逻，是要面对复杂局势、随时展开有理有节斗争的巡逻。

也许何海斌也跟曹德锋一样，认为不便细说所以不说。我们就说说荣誉吧。2009 年 6 月，该营党委被总政治部评为全军先进基层党组织。2010 年，外交部对机关干部进行爱国主义教育，刚刚调到上级机关工作的岗巴营老教导员何海斌被邀请做专题报告。他是第一个给外交部做辅导报告的边防军人。

这样荣耀的事，何海斌居然想不起来主动告诉我，还得我自己去调查，去追问。这实在不像是一个教导员、一个政委、一个话痨的失误。

我嗔怪他，他嘿嘿笑道："我没想起来。"

行万里路的同时读万卷书，何海斌的阅读量很大，凡是关于西藏的军事的书他都喜欢读，由此带动了整个岗巴营，他们营还是成都军区命名的"岗巴爱国模范奉献营"，他本人还是西藏军区的优秀党员，立过一个二等功、3个三等功。

真如戏剧里唱的：是一个好呀么好青年。

接着说路途上的事儿。我们在定日一家四川人开的饭馆吃了午饭，准备再上路时，我忽然就看到了刚才说的画面：何海斌斜靠在越野车旁，一边等我，一边逗路过的孩子。黑黢黢的面庞和自在的笑容，在那一瞬间打动了我。

我们再次翻越过嘉措拉雪山。怕我有高原反应，过山顶时没停车。何海斌按当地藏族群众的习惯大喊了几嗓子："哦哟哟哟！"这表示跟山神打招呼，"我们路过此地了，请多多关照哇"。

那一刻，我有些感动。

下山后，何海斌让驾驶员停车，说要到江边去捡石头。此建议甚合我意。每次到西藏或云南出差，我总会捡几块石头带回家。眼下家里已经养了好几盆石头了。我昏头昏脑地跟他下车，顶着烈日跑到江边。东翻翻西翻翻，虽然没捡到宝石，还是捡了几块来自珠峰脚下的花纹特别的石头。

由此可见，热爱文学的军官还是不一样。

到达拉孜是下午四点半，我记得很清楚。因为一进城，何海斌就把我扔在拉孜街头的一个宾馆里，很随意地说："你睡两个小时，我六点半来叫你吃晚饭。"

此建议和捡石头一样合我心意。我实在太疲倦了，眼睛都睁不开了。可是，在宾馆的那两个小时，我却一分钟都没睡着。拉孜的海拔并不高，我看了一下手机上的海拔表，仅 4050 米。照理说应该能睡着的。我在海拔 4700 米的地方都睡过。可是，当我一头倒在宾馆床上想好好睡一觉时，却一次次地被憋醒，每次都是刚刚迷糊，一口气就上不来了，必须做深呼吸才行。

我有点儿紧张，这样的状况以前从没出现过。于是当何海斌六点半来接我时，我就告诉他："我憋闷得厉害，喘不上气。"我说了两遍，希望他也紧张起来，然后说："那咱们直接去日喀则吧。"

日喀则平均海拔在 4000 米以上。在西藏，不同地区海拔也会相差很大。何况拉孜距日喀则市区仅 150 公里，而且无须翻山。可是，何海斌同志对我的话丝毫没有在意，他说："没事儿，吸吸氧就好了。"

人就是这样，当没人在意你时你自然就坚强了。如果他惊慌失措，我肯定马上躺倒。

果然一夜无事。第二天，何海斌带我游览拉孜，他大步流星地走在前面，仿佛身后跟着的不是内地来的中年妇女，而是个西藏小战士。也许是我的一身迷彩服导致的？我紧紧地跟着他，同时被紫外线热烈地拥抱着。西藏的紫外线不是从天上来的，是从四面八方来的，其中也包括地面反射上来的，所以不管你是戴草帽还是打伞，都白搭。

忽然，我看到了蓝天上的月亮，上午 10 点的月亮。在西藏，几乎每天都能见到日月同辉的景象，这样的景象总是在提醒你，这里真的是西藏，是世界屋脊，是神秘高原。

虽然我已见惯不惊，但还是很想说一句：有许多被诗意地描述过的地方，去了就会失望，但西藏却不会。因为它的诗意是与日月并存的，渗透在每一寸土地里、每一寸空气里。

如何海斌写的。

　　　站在高原，你会情不自禁地爱上这里的山山水水。山，把灵魂托举得更高；水，让你明白什么是纯洁……经幡飘动的时候，我能看见风的笑靥，它在传递着吉祥与祝福；变幻的云朵，如梦想飘过，书写在日月同辉的苍穹。

晚饭我勉强吃了几口，就昏头昏脑地去了拉孜县人民武装部，例行公事地参观了他们的荣誉室、图书室和办公室，最后才得以坐下来吸氧。何海斌抱来了氧气瓶，却不会操作。他解释说，他从来不吸氧。最后还是一名战士搞定的。我吸上氧后，心里踏实了。

其实何海斌有蛮多烦心事，只是他不习惯叫苦。他的妻子去年被查出甲状腺肿瘤，还是恶性的。他休假两个月，回去陪妻子住院做了手术，并精心服侍照料。他很乐观地告诉我，手术很成功，现在妻子的情况很好。

那天我在他房间聊天，正为他的木讷生气时，通讯员忽然送来了一堆邮件，其中就有何海斌的一个快递。他笑眯眯地打开，拿出来给我看："瞧，我老婆给我买的红枣和核桃。"

那一刻，我的心跟红枣一样。

## 之三，守望318国道

在拉孜的一家小宾馆住了一夜，第二天上午，我又来到拉孜县人民武装部。

拉孜这个地名很有乐感，藏语意为"神仙居住的地方"，一说是"光明最先照耀之金顶"。不过在我看来，西藏哪一处都是光明照耀的地方，你想不照都不行，强烈的太阳光从早上八九点开始，一直照耀到晚上八九点。即使是晚上八九点开车上路，如果向西走也必须戴墨镜，否则眼睛会被强烈的夕阳刺得睁不开。

163

拉孜县人民武装部是个漂亮的四合院，一座朴素的两层灰砖楼，是全院的最高建筑——人民武装部办公楼。楼前，一面鲜红的五星红旗高高飘扬着，在蓝天的映衬下显得格外鲜艳。另外 3 面是平房，分别是仓库、车库和宿舍。院子里花草树木茂盛。那一排油亮油亮的杨树，那两棵巨大的、开着白花的苹果树，还有那一排年轻的、开着粉花的李子树，都让我着迷，我耗去不少时间给它们拍照，然后发在微信朋友圈里。立即有朋友惊呼说，这是他们见到的最美的人民武装部。

拍够了照片，我再次来到何海斌的房间坐下，他烧水，为我泡了一壶香浓的滇红。我刚喝了两口，屋子里就进来一个结结实实的汉子，一张脸极为充分地体现着西藏紫外线的威力，黑而亮。他笑眯眯地说："裘老师你好，我叫周联合。"

原来，他就是这个院子的主人，拉孜县人民武装部的周部长。

何海斌曾告诉我，他和周联合是非常要好的兄弟，他们有太多的一致：同是"70 后"，同是南充人，同是性情中人。最最重要的是，同是文学青年！他们都喜欢读书，喜欢写作，尤其喜欢写诗。所以他俩在一起工作，那真是心往一处想劲儿往一处使。在他俩的共同努力下，拉孜县人民武装部先后被评为"西藏军区征兵工作先进单位""西藏军区先进旅团单位"。

老实说，我采访过那么多部队，还是第一次碰到这样的搭档。

不过，当我和周联合握手时，我注意到他的手腕上带了一串木珠，这让我对他的第一印象不太好：一个当兵的，戴那东西干吗？本来我对武装部的干部就有偏见，感觉他们比较散漫，不是正规军。虽然这偏见毫无道理，因为所有的武装部干部都来自正规军。

可是，接下来的事，又让我受到了一次"人不可貌相"的教育。

周联合没何海斌那么挺拔，壮壮地、笑眯眯地像尊黑色如来佛。我马上注意到他的嘴角有一道明显的疤痕，就问："你嘴上的疤是到西藏落下的吗?"

其实我问的时候,完全是没话找话的心态。所以他回答的时候,也是一副闲聊的口吻。

"是的。我当班长那年,有一次执行任务,遇到了歹徒居然冲过来夺枪!我马上就跟他们拼命。老子心头想,我兄弟4个,就是光荣了爹妈也有人养。结果就挨了这一刀。"

用那句俗话说:我当时就震惊了。

我追问:"后来呢?"

"后来当然是我把他们制服了。"

"那你呢?"

"我被送到医院缝针呗。医生打麻药之前我就问:'你这麻药会不会影响面部神经?'医生说会有一点儿。我说:'那就别打麻药。'结果把老子痛惨了!里面缝了12针,外面还缝了8针。"

我怎么感觉这故事像是发生在抗日战争时期?

周联合因此立了三等功,然后被保送到军校读书。(其实他挺会读书的,高考时只差5分)军校毕业提干,从排长、连长,一直干到营长,始终是个带兵的军事干部,也始终在正规军干。直到两年前,他才来到拉孜县人民武装部。但他始终揣着那颗职业军人的心,成天看书看地图,研究军事斗争形势,战略战术。和我交谈的半个小时里,他就从国际形势一直谈到周边环境,谈到西藏稳定,谈到反蚕食斗争,滔滔不绝,甚至还引用了几句古诗词,"大风起兮云飞扬……""风萧萧兮易水寒……""醉卧沙场君莫笑……"

原来,这是位有着浓郁英雄情结的军人,和手腕上的木珠毫无关系。他曾有两次机会进机关工作,都被他自己放弃了。他说:"我喜欢和兄弟们在一起的感觉,不喜欢机关的工作。"

短短几句话,就让我对他产生了浓厚的兴趣,于是我把采访重心从何海斌转移到了他身上。

周联合比何海斌大两岁，入伍也早几年。他是从战士提干的，大部分的军旅生涯，都是在连队摸爬滚打，因此气质上的确比何海斌多了几分行伍之气。说起当兵的经历，周联合眉飞色舞，笑容满面，仿佛他进藏这 20 多年来，始终过着幸福美满的生活，或者说，他是那么喜欢这样的生活。

当然，作为一个成熟的、有头脑的男人，他肯定也看到了很多问题，有很多的不满和看不惯，但他不喜欢发牢骚，他说发牢骚没用，还不如自己好好干。

他坦率地说："像我这样的人，家在农村，没有任何背景，只能踏踏实实工作才有出路。可以说，当兵 20 多年，我完全是靠自己硬干、硬拼走过来的，每一步都付出了艰辛的努力。"

当说到他为何能坚持无怨无悔、踏踏实实地努力，周联合忽然动了感情。他非常郑重地说，有一个人在他的军旅生涯中对他产生了极大的影响。

他就是我们团原参谋长和洪亮，我很敬佩他。记得是 1996 年年底，和洪亮从军区兵种处到我们舟桥营来蹲点。那时我是排长，一直在积极协助连里做好老兵退伍工作。也许他发现我还可以写点儿东西，老兵走后的一个晚上，他叫我帮他写个蹲点儿工作总结。（后来我才知道，其实他挺能写的，是故意考查我）当时没有电脑，全靠手写。我写好后，感觉自己的字不太好看，就让连队文书帮我抄了一遍，然后送到营部给和洪亮。营部和我们连虽然只有 100 多米的距离，但因为是冬天，非常冷。可是我送去后，他又提出了修改意见，让我拿回去再改。我改了以后送去，他又让我改。整整一个晚上，我跑了7个来回共14趟。

天都快亮了，最后一次了，和洪亮参谋长才对我说："其实材料早就过关了，我就是想考察一下你，看你到底有多大的忍耐力。你合格了，小伙子，我看好你，愿意认你做学生。"

我当时很激动，因为我一直很佩服他。他的军政素质过硬，上过国防大学，还参加过国庆大阅兵。

后来他到我们团来任参谋长了。每次去团里，我都要去他家里或者办公室聆听他的教诲，他也很用心地培养我，从方方面面带我指点我。我的每一点进步，都得到他的很大鼓励。2005年，我被任命为副营长，但他却病倒了，因脑瘤住进了西藏军区总医院。我去医院看他，心里特别难受。他却安慰我说："没事，莫急，要干好本职工作。"

记得他转院去成都的那天，我们全营列队在公路边给他送行，我眼里满含热泪，他也双目湿润，我们两个人的手紧紧地握在一起。最后他对我说的还是那句老话：要踏踏实实地干好本职工作。

这一去，就成了永别……

这么多年了，我始终记得他对我说的话，干好本职工作，脚踏实地才能有出路。

看看周联合的简历，就不难看出，他的确是脚踏实地地走过每一步：周联合，1970年12月出生，1989年入伍，历任西藏军区工兵某团战士、班长、排长、副连长、连长、副营长、营长……

的确，一个人对一个人的影响，有时只需一两件事、一两句话。

我从周联合的身上，看到了一位优秀军人的影子。我在心里，默默地向另一个世界的和洪亮致敬。

正午，我们一起走出房间，阳光赤诚、热烈到让人受不了。我往树荫下躲，周联合却站在快要热化了的中间地带，脸上滋滋冒汗。他指着眼前一座不长一棵树、一棵草的山对我说："我觉得我们男人就应该像这座山一样，坦坦荡荡，毫无遮掩。"

我有些意外。对我来说，没有树的山我都很难喜欢。

周联合却赋予了它如此的诗意。

走出人民武装部大门，街上行人极少。一条笔直的路，通向远处另一座光秃秃的赤诚坦荡的山。他忽然说："我这 40 多年，都是走在 318 国道上的。"

"哦，怎么讲？"我好奇。

他说："我是四川南充人，家就在 318 国道旁。当兵以后到了工兵团，数次执行任务都是在 318 国道上。现在到了拉孜，还是守着 318 国道。所以我写过一首诗，叫《我的 318 国道》。"

我说："厉害，读来听听嘛。"

他不好意思地笑道："写得不好。"

318 国道，的确赫赫有名。我们从日喀则到樟木，再从樟木返回日喀则，都是走在 318 国道上的，一路停靠的小城小镇，如同缀在 318 国道上的珠子。但更详细的情况我就不知道了。于是回家查了一下百度百科。

318 国道是目前我国最长的国道。起点是繁华的上海人民广场，经江苏、浙江、安徽、湖北、重庆、四川、西藏，终点是聂拉木县樟木镇的友谊大桥。全长 5476 千米。因其横跨中国东、中、西部，囊括了平原、丘陵、盆地、高原地形，包含了江浙水乡文化、天府盆地文化、西藏人文景观，拥有从成都

平原到青藏高原一路的惊、险、绝、美、雄、壮的景观，而被
《中国国家地理》杂志评为"中国人的景观大道"。

相信周联合的 318 国道，也同样拥有无限风光。

当我问到今后的打算时，周联合却一声叹息："现在到了这儿，我
的军人生涯算是到头了。我是为了打仗才当兵的，我经常跟我老婆说：
"你是军人的老婆，也要有战争的心理准备。克劳塞维茨的《战争论》里
说，每一次战争都有其自己的特色，千变万化，各不相同。我一一对照
过，感觉我们也随时有可能面临战争。但是到了人民武装部，真的打起仗
来我也不可能上一线了，唉，年纪也越来越大了，也许只能向后转了。"

我明白他的意思，深深地为他感到惋惜，却无从安慰。

我说："你这么喜欢西藏，以后回内地了，一定会很想念的。"

他点头，若有所思地说："当我离开这片土地的时候，不知道会以
什么方式，但我一定会回头多看几眼。"

我的眼眶一下子湿了。

按他的句式，我也想说，当我以后想起拉孜小城的时候，一定会想
起这座没有一点儿绿意的山，和仰望山的周联合。

在拉孜匆匆见过后，我始终惦记着这位黑乎乎的武装部部长。于
是，当我得知他回内地休假时，便主动要求再见一面。周联合爽快地答
应了。他和朋友开车到成都来，约好和我们一起吃晚饭。

我连忙叫上两名创作员，希望他们也能有所收获。哪知那一顿饭，
从头到尾，周联合同志讲的都是他对未来战争、对西藏稳定、对军队建
设的思考和看法，可谓滔滔不绝，讲到有些地方还很激动。他的情绪和
话题，把我们全带进去了，导致整个饭局成了军队建设研讨会。

说实话，我当时真有种错位的感觉，你想想在一家简朴的火锅店

里，谈的却是顶级的国家大事。仿佛我们个个都是肩负重任的栋梁。回到家我才反应过来，这顿饭的初衷完全没有实现，由于周联合的"胸怀祖国放眼世界"，我一点儿也没采访到他的"个人事迹"。

我只好发短信给他，要他无论如何给我讲一个他自己"比较有意思的经历"，周联合只好通过邮件，发来了下面这个故事。

1998年11月初我们部队参加演习，那时我在工兵团舟桥一连当副连长。11月初西藏已经很冷了，我们在雅鲁藏布江一号渡口开设浮桥渡场，我的工作是在对岸桥段协助连长。那个时候，正是我家属临产的时间，我因为演习无法回去。

演习开始，因为我岸桥段到位太快，对岸水流加快，我所在的前段经过几次都顶推不到位，距离太远，绳索怎么都抛不上岸。见情况紧急，我没多想，立即跳入江中。当时的距离有20来米，我奋力游到岸上，用力地拉绳索。我的20多个兵一见我游过去了，也纷纷跳入水中，和我一起齐心协力地把桥段拉到位，顺利完成了任务。

当时已是寒冬，江水刺骨，气温估计有零下20度，我和我的兵上岸后全身湿透了，浑身都是冰碴儿，冷得瑟瑟发抖。我笑着对他们说："现在我们就像寒风中的小白杨。"大家都笑。为了取暖御寒，我们每人喝了几口江津白酒，在战壕里抱成一团。我的兵把我紧紧围在中间，他们说非常佩服我。这让我非常感动。总结时我说："干部干部，就是先干的一部分人。只有我们先干了，我们的士兵、部属才会以我们为标杆跟上。我们踏实干，他们就会踏实干，他们就会信服你。这才是建立在良好工作关系基础上的兄弟关系。"

演习结束，营长把我带上主席台，把我爱人临盆之事汇报给了当时的团政委朱永明，朱政委一听很急，连忙说："马上走，去机场，我的车送你，赶明早的飞机。"我就穿着湿漉漉的迷彩服去了机场，营长叫通讯员把我的衣服送到机场……

回家不到两个小时，我的丫头就出生了，我给她取了个很美的名字"周丽雅"，意思是：美丽的雅鲁藏布江。

我觉得周联合写的，比我写的更好。

那么，我就用他的《我的318国道》，来结束此文吧。

这条路
起点在上海　终点在西藏樟木
简称G318
我说：是我的318国道

24年前
母亲送我走上这条路
小镇转角　她偷偷拭泪的情形
伴我走进高原
伴我孤独前行
母亲来信说：
儿啊，我们在一条路上
你在路的那头
妈在路的这头
我在心里对自己说
在这条路上　我要走好
因为母亲在看着

当我圆梦回到故土
路哇　还是这条318国道
只是　母亲的坟头蔓草疯长
长满我刚刚踌躇满志的心
我的泪水湿了这条路
但我依然前行
因为我知道
母亲在看着

走哇走哇
无论如何我都走不出这条路
遇到你的时候
你在这条路的那头
我在这条路的这头
在那个桂花飘香的日子
我看见了花的影子
闻到了花的芳香
我陶醉了　飘飘欲飞

于是
我走在这条路上的样子很拽
拽得无视其他的芬芳
我知道
你在看着

# 寻　找

## 一、缘起

吴缘的事业就是找人。

一个叫吴缘的人，每天都在寻找和他有缘的人。我觉得这很有意思。而且这些人的平均年龄都在 85 岁，有一半还超过了 90 岁，更有数位已近百岁，这就更有意思了。

我说的这些人，他们有一个共同的名字，叫"抗战老兵"。

70 年前，在那场壮怀激烈的伟大的反法西斯战争中，有超过 300 万的中国军人为国捐躯，还有数百万的军人受伤致残。然而，由于历史的原因，他们中的许多人没有得到应有的荣誉和尊重，反而饱受磨难，历尽坎坷，甚至有不少老兵到晚年都生活贫困。

吴缘和伙伴们的事业，就是要找到他们，找到这些散落在全国各地的抗战老兵，给予他们应有的关怀和温暖，应有的荣誉和尊重。在中华民族最危险的时刻，是他们怀揣一腔热血走上战场，奋不顾身，杀敌报国，如果让这样的英雄晚景凄凉，是我们后人的耻辱。

今年春天，我见到了吴缘。

吴缘是杭州"我们爱老兵"公益网的专职志愿者，这个"我们爱老兵"公益网，是由杭州绿城集团图森木业有限公司于 2013 年春建立的，它开宗明义地宣称："联合一群志同道合的朋友为幸存的抗战老兵尽一份子孙孝心，同时给予生活困难的抗战老兵必要的生活和医疗救助。"

"孝心"二字让我动容。与其他公益组织不同的是，该网站所需的资金完全由绿城集团图森木业公司提供，不向社会募捐，大部分志愿者就是公司员工。截止到我写此文时，他们已经找到了 1115 名健在的老兵，并一一登记，给予固定的关怀和资助。公司经理裘黎阳告诉我，他们公司每年要从公司的利润里拿出 30 万元来做这件事，他认为很值。他本人就是网站的负责人，很多时候也亲力亲为地参加关爱老兵的志愿者活动。

他们是如此尊重老兵，我是如此尊重他们。

自认识吴缘后，我看到他无论在微博上，还是在微信朋友圈，每天发布的消息和图片，都是关于抗战老兵的：为老兵寻找家人，为家人寻找老兵，帮助有困难的老兵，慰问孤寡的老兵，请医生去给老兵治病，为老兵过生日，还有，为去世的老兵送行……

关爱抗战老兵，成了他生活的全部内容。

不过吴缘并非图森公司的员工，之所以跻身"我们爱老兵"公益组织，并成为这个组织的专职理事，是由于特殊的家庭背景。

说来有趣，虽然我和吴缘都是杭州人，却是由远在深圳的龙越基金会负责人孙春龙介绍认识的。同时，我和裘黎阳虽然都是嵊州崇仁的裘氏后代，却是经吴缘介绍才认识的。因为无论是孙春龙、吴缘，还是裘黎阳，他们都是关爱抗战老兵的志愿者，为着一个共同的目标走到了一起。孙春龙告诉我，吴缘很值得采访，他的父辈很值得写。他的四伯和父亲，都是抗日战争中的英雄。

我一下子被吸引了，于是约见吴缘。

吴缘个子高大，肤色微黑，说一口地道的杭州话。虽然祖籍福建，却比我这个祖籍浙江的更像浙江人。他穿了一身迷彩服，戴着一顶有"飞虎队"标志的帽子，谈话过程中不断地接听电话，全部是关于抗战老兵的事。就在我们会面的第二天他就前往绍兴，和其他志愿者一起去看望抗战老兵了。他现在的每一天，所做的事都与此相关。你若跟着他走，可以见到许多抗战老英雄。

我见他像个赳赳武夫，熟知抗战史，又如此热爱老兵，就问："你当过兵？"他说没有当过。又叹了一声："我这样的人，怎么可能当兵？"

我瞬间懊恼了。因为此前我已看过一些他们家的资料，知道他父亲曾坐牢20年，父母亲是在监狱里结婚的，他和哥哥就是典型的"小萝卜头"，从小在监狱的环境里长大。他不仅不能当兵，连一份像样的工作都很难找到。前几十年里做过这样那样的职业，都只是养家糊口而已。不过现如今，年近花甲之年的吴缘，反倒开启了他此生最好的事业——公益事业。

我前面说，吴缘的事业就是找人，其实这份事业，是从他家里开始的：他先是帮父亲找人，找救命恩人，然后又帮他的堂兄找人，找堂兄的父亲的遗骸。与此同时，他开始了更广泛的寻找，为我们这个民族，寻找幸存的抗战老兵，寻找逝去的英灵。

## 二、默默无闻的英雄

10年前的2005年，某一天，在杭州的一条小街上，一位骑自行车的老人被一辆吉普车撞倒了，老人刚从图书馆出来准备回家。开车的小伙子万分紧张，下车扶起老人，问他有没有受伤？老人摆摆手说："没事，你走吧。"小伙子忐忑不安地留下了自己的姓名和电话，走了。他无论如何也想不到，他撞倒的这位老人已有 87 岁！老人爬起来拍拍身上的灰，推着自行车回家了。大街上依然车流滚滚人头攒动，谁也没注意到这个极为普通的、个子略微有些高的老人。

几天后，老人忽然在家中昏倒，被送往医院，一查，原来是那天摔倒导致颅内一直在出血，引起中风。因为老人身体好，所以扛了那么多天才出状况。在医院住了半个多月后，老人出院了，但身体状况却大不如前，行动变得很迟缓。家人不准他再骑自行车，甚至不准他单独外出。毕竟，他已经 87 岁高龄了。一位 87 岁的老人自己骑自行车去图书馆，恐怕全世界也找不出几个，真算得上奇人。

而老人真正被称为奇人，还不是因为这个，是因为他充满传奇的一生：他曾是一位飞行英雄，在抗日战争中驾机飞行 800 多个小时，与日军浴血奋战。他驾驶的战斗机曾 3 次被日军击落，他 3 次身负重伤死里逃生。他曾亲临日军投降仪式，见证了抗日战争取得最终胜利的伟大时刻！同时，他又是一位历经磨难、在牢狱中度过 20 年生涯的老人，出狱后靠踩三轮儿养活家人。曾经一度，网上盛传一张照片，我也见到过，一位老人蹬着一辆装满货物的三轮儿，说明文字是：最后一名飞虎队员靠踩三轮儿为生。

他就是吴缘的父亲，吴其轺。

吴缘首先告诉我，父亲名字里那个"轺"字读"瑶"。很多人（包括我）都不认识。他本名吴其瑶，少年时觉得此"瑶"过于女性化，遂自己改为"轺"。我好奇地查了一下字典，发现"轺"就是车的意思，而且是开道车。不知是不是因为这一改，将他的命运一并改了？

吴其轺一辈子与"车"相连：前半生驾空中战车，激战蓝天；后半生蹬三轮车，穿街过巷。

驾空中战车时，他机智勇敢，曾击落 5 架敌机，4 次成功飞越著名的"驼峰航线"；在奇袭日军汉口机场的战斗中，吴其轺驾驶战机超低空飞行，一次就炸毁了停在机场跑道上来不及转移的十几架日机，为打击日本侵略者夺回制空权立下卓越功勋。第二次世界大战胜利后，吴其轺获得了盟军司令部授予的"飞行优异十字勋章"和"航空奖章"。

蹬三轮儿时他已年过花甲，拖着一只伤残的腿，依然像个英雄，他可以在三轮儿载满货物的情况下，以极快的速度驶过狭小的街巷，让路人目瞪口呆。他还可以把一个后轮翘起来，变成两轮车飞快行驶，还可以反坐在车上往前蹬，将一辆三轮儿玩于掌股。修三轮儿什么的，更不在话下。

我总觉得，人与人的差异，或者说普通人和英雄的差异，不是表现在他成功的时候，而是表现在他落魄的时候。

命运常常捉弄人。就在吴其轺因摔倒而中风的那年，2005 年，中国人民和世界人民一起，隆重纪念反法西斯战争暨抗战胜利 60 周年，吴其轺获得了由中国政府颁发的"纪念抗日战争胜利 60 周年"纪念章。同时，他还接到了一封特殊的邀请函。这封邀请函是由湖南省政府、中国对外友好协会、中国联合国教科文组织全国委员会联袂发给他的，邀请他作为飞虎队在大陆的幸存者，参加在湖南芷江举办的一年一度的国际和平文化节，并参观新建的在芷江的飞虎队纪念馆。

直到这个时候，吴缘和家人才知道，父亲竟然是一位抗日英雄，是一位赫赫有名的飞虎队队员！在此之前，父亲一直对自己的身世三缄其口。

比家人更震惊的是媒体。一时间，中外媒体纷至沓来，据吴缘回忆，最多的时候，一天就有 126 家媒体采访！吴缘不得不辞去工作，回家专职照顾年迈的父亲。

# 三、寻找恩人

然而，面对突然到来的喧哗与荣耀，吴其轺却越发沉默了，他常常一个人望着窗外沉默，或者默默地翻看着发黄的日记本。几十年来，他记下了 60 本日记，几乎每个本子上都画着飞机，飞机上，还有他服役过的美国飞虎队第五大队的标志，下面用铅笔写着 3 个小字：俱往矣！

终于有一天，吴其轺叫儿子过来说："我要去找他们。"

吴缘问："找谁？"吴其轺说："找我的救命恩人。"吴缘明白了，不无担心地问："那么远的路途，你身体能行吗？"吴其轺说："能行。我一定要趁着我还能走去找他们，当面谢谢他们。"

吴缘简短地回答说："好，我陪你去。"

于是吴缘陪着父亲和母亲，离开杭州，去湖南、去四川，去父亲 3 次被日军击落、3 次被百姓救起来的地方寻找恩人。

吴缘的寻找，就是从陪父亲找恩人开始的。

2005 年，在家人的陪同下，87 岁的吴其轺回到了湖南芷江，来到了辰溪县龙头庵村。60 年前他第三次被日军击落时，就是在这里被村民救起的。

那是 1945 年 4 月，吴其轺和他的战友们对武昌火车站的日军地面部队进行空中打击，不幸，他的战机引擎被日军炮火击中。飞机直直地从空中向下坠落。吴其轺冷静迅速地判断了地形后，果断地将飞机迫降在辰溪县境内的小溪边上。借着沙滩的坡度，让机头朝上，这才得以从机舱内脱身，捡回一条命。

当地村民看到有飞机掉下来，知道是飞虎队的飞机，连忙跑过来救援。他们把吴其轺救起来，用轿子抬回村里，还把仅有的一点儿腊肉拿出来炒给他吃。吴其轺住在当地坚决抗日的地主肖隆汉家里，肖隆汉担心吴其轺听不懂当地话，还特意把在长沙读书的儿子叫回来陪他。

吴其轺在乡亲们的热情关怀下很快恢复了状态，两天后就离开村庄返回了部队，他先是徒步走了80多公里，然后搭上一货车，回到芷江基地。现在的美军档案里，还有他失踪两日的记录。

70年后重新回到他获救的小山村，吴其轺很激动，村民们也很激动。遗憾的是，肖隆汉和那位陪他聊过天的大学生儿子，都已不幸去世。好在，肖家还有后代，两个孙子。两个孙子也都是中年人了，说起这段往事，居然还有清晰的记忆，他们说当时家里做好吃的招待这位从空中降落的奇人，按规矩不让孩子上桌，吴其轺却很和蔼地要让孩子和他一起吃饭，还给孩子夹肉吃。四里八乡的人听说有个人空降到此，都十分好奇，纷纷赶来看望，想看看这个"从天上掉下来的人"长什么样，会不会是个神仙？虽然他们见到吴其轺后感觉就是个普通人，但依然很崇拜地排队去摸他，沾沾仙气。

吴其轺开怀地笑，为当年留下的愉快记忆伤感地落泪，为恩人的不幸遭遇。他把肖隆汉的名字和义举，永远铭记在心里。离开村庄时，吴其轺站在路口，向着当年他被救起的地方，深深鞠躬，在那迟缓而庄重的动作里，传达出万千感慨，无人能明白。

在芷江的飞虎队纪念馆，吴其轺把自己保存多年的一件飞行服内套、一条军裤、一个飞行旅行袋和一个用飞机机翼制成的洗脸盆，全部捐赠出来。有人劝他留一件给儿孙做个纪念，他说："国家需要还是给国家，在我的心中祖国永远是第一位的。再说我得到了纪念抗日战争胜利60周年的纪念章，这对我的人生来说，具有里程碑式的意义：我吴其轺在抗日战争中为祖国流的鲜血，没有白流。"

吴其轺和其他4位抗战老兵（彭嘉衡、林雨水、李继贤、尹月波）一起，来到芷江的日本受降血字牌坊前。5位耄耋之年的抗日战士一起振臂欢呼："我们胜利了！"

吴其辂用沙哑的嗓子，唱起了 70 年前的《空军军官学校校歌》：

> 得遂凌云愿，
>
> 空际任回旋，
>
> 报国怀壮志，
>
> 正好乘风飞去。
>
> 长空万里复我旧河山。
>
> 努力，努力，
>
> 莫偷闲苟安，
>
> 民族兴亡责任待吾肩！
>
> 须具有牺牲精神，
>
> 凭展双翼，一冲天！

## 四、传奇的一生

1918 年，吴其辂出生在福建闽清县一个乡绅的家里，是家中最小的孩子，他上面有 5 个兄长，4 个姐姐。父亲吴銮仕是闽清县华侨公会会长，极为重视教育，故膝下孩子无论男女，都接受了很好的教育，吴其辂的哥哥、姐姐都先后大学毕业。吴其辂早年的理想是当一名教师，可日本侵略者入侵中国后改变了他的理想。1936 年，正在青岛读师范大学的吴其辂，在街上看到一则黄埔军校笕桥中央航校招生的告示，热血沸腾，立即写信给父亲说："儿只想杀敌报国，夺回东三省"。恳请父亲同意他投笔从戎。信写完后等不及父亲回复，他就毅然从师范大学退学，报考了黄埔军校的杭州笕桥空军军官学校。

1940 年，22 岁的吴其辂从空军军官学校毕业，编入国民党空军第五大队，成为一名战斗机师，从此踏上了九死一生的从军路。

　　用老话说，吴其轺是个命大的人，在他激战蓝天的 10 年生涯里，他曾 3 次被日军击落，3 次都死里逃生。

　　第一次竟然是在成都凤凰山，一个我曾经工作过的地方。凤凰山机场至今还在，却很少有人知道那里曾经发生过激烈的战斗。1941 年夏，日本人出动 53 架战机分 4 批轰炸凤凰山机场，彻底摧毁当时还非常弱小的中国空军。为保护飞机，吴其轺和教官一起，驾机从成都飞往广元疏散。在飞到嘉陵江上空，距江面 40 米的高度时，他们的飞机被日军战机击落，坠入江中，人也被飞机反扣在水里。吴其轺凭借其机敏勇敢，迅速打开座舱盖脱离燃烧的机身。日机又俯冲下来扔了一串炸弹，击中了吴其轺的臀部和腿部。飞机烧得通红，连江水都烧发烫了，昏迷前，他看到附近的四川老乡不顾被江水烫伤的危险，划着船向他驶来。当他醒来时，已躺在快活村一位农民的家中……

　　（吴缘插话说，父亲因此一直把四川广元快活林这个地方视为他的重生之地。2008 年汶川大地震后，他马上拿出当月退休金的一半 1000 元捐给了广元灾区。还觉得不够，又把自己珍藏多年、曾有几个人要买他不肯卖的德国蔡司相机，和一个美制驱逐机 P-40 上的座椅、一套当年的飞行服，全部捐献给了中国人民抗日战争纪念馆，然后再把所得奖励寄给四川灾区。2009 年，已偏瘫数年，坐在轮椅上的吴其轺，不顾 91 岁高龄，再次前往重庆江津，寻找当年救他的老乡。当他见到一位当年曾亲眼看到他被救起的老人时，激动万分，与老人抵头相拥，热泪盈眶。）

　　这次空难吴其轺身中 4 弹，坐骨神经被打断，左腿终身伤残。医生表示，他的坐骨神经被打断了，以后行走都困难，更不要说驾机了。但倔强的吴其轺怎么也不服，"不可能，我绝不会成为吴瘸子的"。一方面，他扔掉拐棍儿，每天咬牙做几百个仰卧起坐和俯卧撑，恢复站立行走；另一方面，他找到在医院工作的亲属，让其开证明证明自己还可以飞行。

最终他如愿以偿。毕竟那个时候飞行员缺乏，而他的技术又过硬。他对上司说："别看我在地面上有点儿瘸，上了天可一点儿都不瘸。不信你考我，怎么考都行。"后来，他不但重返蓝天，还以优异的成绩，入选了由陈纳德将军组建的"中国空军美国援华航空志愿队"，即后来大名鼎鼎的"飞虎队"。

"飞虎队"的战机全部由美军装备，飞行员则是中美混合。1941年9月建立后即在昆明初试身手，首战便对日本战机予以痛击，此后连创击落日机的佳绩，狠狠打击了日本侵略者。同年12月7日，日本偷袭珍珠港，美国正式对日宣战，1942年7月4日，飞虎队被编入美国第十航空队，1943年3月又被改编为第十四航空队，陈纳德将军为总司令。

说起"飞虎队"的名字，还缘于一个误会：当时为了震慑日本侵略者，就把该队所驾驶的战斗机前半部画上了凶悍的鲨鱼头。日本四面临海，对鲨鱼很熟悉。可云南、四川、湖南等地的百姓大多不认识鲨鱼，以为画的是老虎，就叫他们"飞虎队"。

吴其轺当时所在的联合航空队第五大队，驻扎在湖南芷江，吴其轺和战友们多次以大编队机群，对日占武汉、南京、广州、桂林等日军军事目标进行轰炸。侵华日军因此元气大伤，而吴其轺本人再次遭遇空难。1943年春，吴其轺驾驶美式P-40飞机（即有鲨鱼头的飞机）对湘潭日军进行打击时，又一次被日军防空炮火击中，飞机机身、机翼先后中了20余弹，但吴其轺硬是穿过日寇层层防空炮火网，坚持将飞机飞回到芷江机场。当他走下飞机时，航空队的美国飞行员们都向他伸出了大拇指："我们美国飞机过硬，你们中国的飞行员更过硬。这飞机都被打成了马蜂窝，还能摇摇晃晃地飞回来。了不起！"

吴其轺命大，不只体现在被击落后的死里逃生，而且也体现在他4次飞越"驼峰航线"。

1942 年，侵缅日军攻占了中缅边境，切断了国际援华物资流通的最后一条陆上通道。美国政府为了支援中国的抗战、加强中印缅战区的力量，决定开辟一条空中通道，使用运输机从印度境内出发越过喜马拉雅山脉和横断山脉向中国的大西南后方运送战略物资。因沿线山峰犹如骆驼，故称"驼峰航线"。

飞虎队领受了这个艰难而又紧迫的任务。

"驼峰航线"在世界航空史和军事史上被称为"死亡航线"，恶劣的气候以及强气流、低气压和经常发生的冰雹、霜冻，使飞机失事率高得惊人，天气晴朗时，飞虎队成员沿着战友坠机碎片的反光飞行。3 年多时间内，中美双方共坠毁和失踪飞机 609 架，牺牲和失踪的飞行员高达 1500 多名！可以说，是飞虎队员们用鲜血和生命换来了物资，阻挡了日军侵略中国的铁蹄。

作为飞虎队成员之一，吴其轺曾 4 次奉命飞越"驼峰航线"，到印度去接受美国提供的飞机。每一次飞行，他都做好了牺牲的准备，告诉战友们："如果我没回来，你们就把我的东西分了吧。"但幸运的是，他全部安全顺利地返回了。

1944 年，陈纳德将军视察飞虎队时，看到吴其轺走路一瘸一拐，便询问其缘由，当陈将军得知他被日军击落身负重伤依然重返战场时，特批拆下一个 C46 飞机上的飞行员座椅送给他。这把椅子，吴其轺一直保留着，直到 2007 年捐赠给了北京中国人民抗日战争纪念馆。同时捐赠的还有美国政府补发给他的"航空勋章"和"飞行优异十字勋章"。

## 五、历尽坎坷

毕竟，吴其轺已是耄耋之年，加上中风后身体越来越差，他无法再出远门，更多的时候，只能坐在轮椅上接受媒体采访。

每当有人夸赞他击落日军 5 架敌机，或者钦佩他 4 次飞越"驼峰航线"，或者惊叹他 3 次被击落死里逃生时，他总是默默摆手，神情平淡，意思是不要再提了，都过去了。他还常常叮嘱记者，请把我当普通人来写，我没做过什么大不了的事。我只是对得起这个国家。

当鲜花簇拥时，当面对镜头时，吴其轺最爱说的两个字是"惭愧"。"惭愧惭愧。"这几乎成了他的口头禅。

唯有说到一个场景，他会激动，眼睛会发亮，那就是 1945 年日本投降时，他亲临了受降仪式现场。

1945 年 8 月 21 日，吴其轺等人驾驶 6 架 P－51 战斗机在前面领航，将侵华日军的洽降专机押送到芷江机场。9 月 9 日，中国战区日军投降签字仪式在南京中央陆军军官学校大礼堂内举行。吴其轺作为美军援华空军第十四航空队第五大队分队长，带领他的全体队员，坐在中国战区日军投降仪式的第一排。应邀参加日军投降仪式的有美国、英国、法国、苏联、加拿大、荷兰、澳大利亚等国的军事代表和驻华武官，以及中外记者、厅外仪仗队和警卫人员近千人。

8 时 52 分，中国陆军总司令陆军一级上将何应钦、第三战区司令长官顾祝同、陆军参谋长萧毅肃、海军总司令陈绍宽、中国空军第一路军司令张廷孟等 5 人步入会场，就座受降席。8 时 57 分，中国战区日本投降代表、中国派遣军总司令冈村宁次上将率参谋长小林浅三郎中将、副参谋长今井武夫少将、中国派遣军舰队司令长官福田良三中将、台湾军参谋长谏山春树中将等 7 人，脱帽由正门走进会场。冈村宁次解下所带配刀，交由小林浅三郎双手捧呈何应钦，以表示侵华日军正式向中国缴械投降。此时恰好是 9 时整。然后，冈村宁次在投降书上签字。

受降仪式约 20 分钟。

吴其轺一次又一次地对儿子，对记者说："这 20 分钟的精髓，贯穿我的一生，影响我的一生，升华了我的一生。这 20 分钟的精髓就是：

中华民族是不能战胜的！正义的力量才是永恒的！"

在以后那漫长的、艰苦的、不公正的岁月里，这 20 分钟都支撑着他，让他心里有一盏不灭的灯。

抗战胜利后，吴其轺在 3000 多名空勤人员中以第一名的身份，考入了美国西点军校航空分校，进修结束后回到台湾所在部队，晋升为中校。此时，父亲托人悄悄送来一封家书："我希望你回来！叶落归根！国民党之所以败走台湾，完全是因为腐败透顶！当年我支持你们兄弟参加抗日战争；今天，我希望你回到大陆，跟着初升的朝阳！跟着共产党！建设我们的新中国！"

吴其轺看了心情激动，随即冒着生命危险辗转回到了祖国。却不料，在那个年代，他这样身份的人是不被信任的。虽然回来后他被安排在解放军某空军机场，却不让他碰飞机，只能做些闲杂工作。这对一个酷爱飞行的空中英雄来说，是一种折磨，对有着强烈自尊心和荣誉感的人来说，更是一种轻蔑。他无法忍受，便提出了转业。

转业后，他被安排到之江大学任教，仅仅半年，厄运就降临了。

1950 年冬天，镇压反革命运动开始了，吴其轺未能逃过此劫。1954 年，因政治审查不能通过，他开始了长达 20 年的牢狱生涯。不幸中的万幸是，他在大学里认识的未婚妻裘秋瑾，仍坚持与他结婚，与他一起来到监狱农场。在那里，他们有了一个极为简陋的家，养育了大儿子吴量，小儿子吴缘。直到 1974 年他才重获自由，与家人回到杭州。一家四口租了一间 12 平方米的小房子。为养家糊口，这位曾经的飞虎队员蹬起了三轮儿，一车装卸 600 斤，一天挣 1 元 2 角人民币。没人知道，这个车夫曾是开着战斗机和日本军机空中格斗过的优秀飞行员，还曾是美国西点军校的高才生。在那个年月，吴其轺对自己的经历三缄其口，哪怕对妻子和儿子也不说，怕连累他们。

这一蹬就是 6 年。直到 1980 年吴其轺才得以恢复政治名誉。同年，他靠着当初在农场开矿时对化石的喜好，加上有英语底子，被分配到杭州大学地矿系的标本实验室做起了标本员。

1998 年，年近 80 的吴其轺才彻底退休。那时两个儿子也长大了，成家了，还有了第三代。他过起了平静的晚年生活，除了喜欢跑图书馆，没人能看出这位老人有何特别，他把一切都深埋在心底。

直到 2005 年。

2005 年，浙江大学的领导代表政府向他颁发了纪念抗战胜利 60 周年的纪念章，媒体蜂拥而至，鲜花、掌声、荣誉将他包围。吴其轺很激动，他终于等到了这一天。他要的不是鲜花和掌声，他要的只是一个清白。年已 87 岁的他，竟能清晰地背诵胡锦涛在纪念抗日战争胜利 60 周年大会上的那段讲话，因为正是这段讲话，让他终于可以向世人证明，他是一名抗战老兵，一名抗日英雄。

　　1937 年七七事变成为世界反法西斯战争在东方的爆发点，中国的全民族抗战开辟了世界第一个大规模反法西斯战场。全体中华儿女万众一心、众志成城，各党派、各民族、各阶级、各阶层、各团体同仇敌忾，共赴国难。长城内外，大江南北，到处燃起抗日的烽火。在波澜壮阔的全民族抗战中，中国国民党和中国共产党领导的抗日军队，分别担负着正面战场和敌后战场的作战任务，形成了共同抗击日本侵略者的战略态势。在空前惨烈的抗日战争中，中国军民前仆后继、浴血奋战，面对敌人的炮火勇往直前，面对死亡的威胁义无反顾，以血肉之躯筑起了捍卫祖国的钢铁长城，用气吞山河的英雄气概谱写了惊天地、泣鬼神的壮丽史诗。

他背诵的不是一段讲话，他是在宣读自己一生的清白。

真让人感慨万千。

# 六、临终嘱托

曾经的荣誉，吴其韬毫无保留地捐出去了；曾经的壮烈，吴其韬也用 3 个字带过：俱往矣。曾经的苦难，他更是以沉默将其掩埋。

唯有一事，他始终无法释怀，带不走，也放不下。

在我看来，一个出生入死无所畏惧的人，一个苦难冤屈都打不垮的人，还能有什么事放不下呢？应该是了无牵挂了吧。我曾暗地里琢磨过他给两个儿子取的名字，吴量（无量），吴缘（无缘）。虽然吴缘告诉我是无边无际的意思，可我总觉得，其中还暗含着一种看淡一切的禅意。

这样一位老人，还能有什么割舍不下？

在一个彻夜未眠的早上，吴其韬叫来儿子，留下他最后的嘱托。

吴其韬说："我们吴家还有一位抗日战士，牺牲在战场上，至今未能魂归故里。就是你的四伯吴其璋。你四伯是为国捐躯的，是真正的抗日英雄，我们吴家为他自豪。你大伯去世前曾一再嘱咐我，要找到他的墓地，把他的遗骸带回来，安葬到老家父母的身边。他这一生为国尽忠却未能为父母尽孝，只能以这样的方式弥补了。可是我已来日无多，只能将吴家的这个心愿托付给你了。"

吴缘郑重地点头，答应了父亲。

原来，吴家的第四个儿子吴其璋，也就是吴其韬的四哥、吴缘的四伯，早在 1938 年就投身抗日战争，参加远征军赴缅作战，于 1944 年英勇牺牲。牺牲后便安葬在部队所在地缅甸北部的密支那。吴家老父吴銮仕在世时，曾郑重嘱咐长子吴其玉，将来有机会，一定要找到吴其璋的墓地，把他的遗骸带回来，安葬在老家。

吴家长子吴其玉,是美国普林斯顿大学的博士,早年曾在中华民国外交部任职,1948年一次偶然的机会,他出差到缅甸,赶紧挤出时间到密支那去寻找弟弟的墓地。当时缅甸正暴发洪灾,墓地又在荒郊野外,寻找起来非常困难。所幸,在当地华侨的帮助下,吴其玉终于找到了墓地。他默默地祭祀了弟弟,然后拍下一张照片,打算以后再找机会将弟弟的遗骸带回。

不料国内局势动荡,吴其玉失去了职位,再也没有了去缅甸的机会,以后更是磨难重重,无暇旁顾。直到"文化大革命"结束,他才得到平反重返北京,但已是风烛残年。他知道自己已经无法完成父亲的心愿了,便给六弟吴其韬写了封信,将墓地的照片一并寄给他,郑重地将吴家这一未竟的事业嘱托给他。

吴其韬何尝不想找到四哥的墓地?何尝不想让四哥魂归故里?何尝不想完成吴家两代人的心愿?当年他接到哥哥牺牲的噩耗时,心情非常悲痛,曾在日记里写道:"日本鬼子,你们可以消灭我们的肉体,但你们消灭不了我们的灵魂!"可当时的他,就是一个三轮车夫,哪里有能力去缅甸寻找?不被人发现其"反动家世"就已经不易了。

如今总算是拨乱反正,可以光明正大地寻找了,他却已是耄耋之年,来日无多,所以,只能将照片交给儿子,让吴家的第三代去完成。

## 七、艰难的寻找

吴缘虽然答应了父亲,却不知从何找起。他想,还是先找到四伯的后代吧,至少让父亲在世的时候,见到四伯的家人。

2010年5月,吴缘以吴其韬的名义,在网上发出寻人启事,希望在有生之年,能与四哥吴其璋的儿子吴贤书重逢。幸运的是,在杭州和重庆两地关爱老兵志愿者的努力下,发出寻人启事两个月后,就在重庆找到了吴其璋的儿子吴贤书。

2010 年 7 月的一天，吴贤书携全家从重庆来到杭州，见到了六叔吴其韬和他的一家。骨肉分离几十年，再相见，那场面让在场的所有人唏嘘不已。吴贤书也已是年逾古稀的人了，1944 年父亲牺牲时，他才两岁，对父亲几乎没有记忆，但因为父亲，他们一家也是历尽坎坷受尽磨难。可以说，他一辈子都生活在父亲的阴影下，同时也一辈子都在寻找父亲的踪迹。

吴贤书对他的六叔吴其韬说，他对父亲的印象就是两张照片：一张是刚从马来西亚回国参军时的照片，父亲穿着一身雪白的中山服；另一张是他们家的全家福，父亲穿着衬衫和军裤。两张照片都很帅，于他来说都很陌生。

吴其韬很难过，吴其璋走得实在是太早了。他让吴缘把家里珍藏的吴其璋的遗像拿出来给吴贤书看。照片上，是一位躺在担架上的年轻军官，他就是牺牲后的吴其璋。

吴贤书手捧照片老泪纵横，这是他此生见到的父亲的第三张照片，却是父亲的最后一张照片。尽管已是遗像，吴贤书还是一眼认出，那就是他的父亲。

吴其璋从中央陆军军官学校 11 期毕业后，因父亲生病返回马来西亚，1938 年，中国大地战火蔓延，中国人民遭受日本侵略者铁蹄的践踏，原本跟父亲在马来西亚开创垦殖场的吴其璋，抱着"献身抗战是人生最高价值"的意愿，向父亲请辞参战。父亲非常支持，并嘱咐他充分利用自己所学的知识报效祖国。28 岁的吴其璋立即告别新婚妻子回到了战火纷飞的祖国。由于精通中英文，他进入黄埔军校泸州纳溪分校担任防毒处学兵队上尉教官。

1943 年，为保卫西南大后方和抗战生命线滇缅公路，中国派出最精锐的部队组成中国远征军，协同英美等盟国赴缅作战。担任中国驻印军学兵总队独立步兵一团重迫击炮连少校连长，参加了多次战斗，战功卓著。1944年不幸被日军枪弹击中，壮烈牺牲，年仅34岁。当时盟军指挥官和学兵总队总队长在沉痛之际下令厚葬，并为其立碑，碑上镌刻着"浩荡英风"4个大字。

可是这位"浩荡英风"的英雄，留给家人的却是无尽的哀伤。吴其璋的妻子胡静美，一直靠着教书的微薄薪水，独自养活两个孩子，历尽辛酸。尤其是"文化大革命"期间，她被学校造反派软禁，强行要她交代已故丈夫的"罪行"，诬陷吴其璋是杀害过共产党人的国民党特务。

为证明父亲的清白，吴贤书和母亲一趟趟地跑公安局、民政局，努力寻找有关父亲的蛛丝马迹。但他们的寻找如大海捞针，毫无线索。随后，母亲去世了，吴贤书和姐姐的日子更加艰难，渐渐放弃了寻找父亲的念头。

如今见到六叔，看到父亲牺牲时的照片，看到父亲墓地的照片，吴贤书激动万分，他们寻找已久的父亲，原来是一位为国捐躯的英雄，是一位可以载入史册的抗战老兵！他终于可以自豪地向世人证明父亲的清白了。几十年的冤屈、压抑、悲伤，都化成了滚滚的泪水。

遗憾的是，年逾70的他，真可谓年迈体弱，已无力奔波。

吴其韬对侄儿说："你放心，这不是你个人的愿望，是我们吴家所有人的愿望，我们一定会把你父亲的遗骨找到，带回祖国的。他是牺牲在战场上的，是为国家尽忠的；但是他没能给父母尽孝，把他迎回家安葬在父母身边，就是让他给父母补回孝。"

吴缘对他说："堂哥，你身体不好，年纪也大了，寻找墓地、带回遗骨的事，就交给我来完成吧。我一定会尽全力，完成我们吴家这个心愿的。"

吴贤书抹了一把泪水，默默地写下委托书，委托堂弟吴缘，为他寻找父亲的墓地，带回父亲的遗骨。

不久之后，吴其韶便离开了人世。

父亲的离世，让吴缘感到责任更加重大。可是，距离大伯拍下墓地照片的时间，已过去了差不多60年了，世事沧桑，墓地还能在吗？就是在，该怎么找呢？毕竟是异国他乡，遥远而又陌生。吴缘只能大海捞针般一点点搜寻，从网上搜集信息，向当年的老兵打听，写信联系台湾方面。所有能尝试的方式，他都尝试了。

2007年的某一天，吴缘偶然得知，云南作家晓曙要去缅甸考察，他连忙通过网络联系上了晓曙，请他前往密支那，帮忙寻找墓地。晓曙答应了，他去后，找到了当地一位老华侨艾元昌先生。艾先生得知是吴家的后人来寻找墓地，万分感慨地大叹一声："你们终于找来了，我都替你们看了60多年的墓了！"

这句话吴缘永远难忘，至今一说起就激动不已。因为这句话，他终于清楚地得知，四伯的墓地就在密支那，曾经为四伯祭祀过的人还在。这让吴缘的寻找，一下子明确了方向。

随后，吴缘又找到一位当年和吴其璋在同一个部队的远征军战士，他就是居住在杭州富阳县的92岁高龄的赵荣惠老人。老人一提起吴其璋就泪流满面，原来他曾是吴其璋的学生，跟随吴其璋到缅甸。他说吴其璋讲一口流利的英文，为人诚恳，很受官兵们的爱戴。当时他们的部队驻扎在密支那，1944年12月的一天，日军再次发起反扑，吴其璋和战士们在一座观察所执行任务。面对日军的疯狂扫射，上观察哨顶楼侦察，就成了一项与死神打交道的任务。为保护战友，吴其璋却总是抢着去。那天黄昏，当他爬上顶楼观察炮弹着陆点时，不幸被日军狙击手击中，颅骨中弹，当场牺牲。

九旬高龄的赵荣惠老人说起这段往事时情绪很激动，他不住地流泪，反复说："吴教官是个好人哪，我对不起他，没保护好他。"

吴缘听了老人的讲述后悲喜交加。虽然伯父的牺牲让他难过，但他更为伯父的英勇行为深深感动。以前关于伯父怎么牺牲的还不太确定，今天他终于知道，伯父是位英雄，是保护战友执行任务时牺牲的。难怪他的墓碑上，镌刻着"浩荡英风"4个大字。

这样一位英雄，即使不是他的伯父，也应当将他的墓地找到，将他的遗骸带回。

## 八、远赴印支那

我第二次见到吴缘，是在腾冲。2015年的4月中旬。

杭州一面，听吴缘讲述了吴家的抗日英雄故事，我被深深感动了，也有些震惊和羞愧。在此之前，我竟对故乡这位抗日英雄一无所知。而且，对杭州这样一批致力于寻找抗战老兵的志愿者，也一无所知。

我希望成为他们中的一员，向他们致敬。

最初我去腾冲，是想参加孙春龙他们组织的"接远征军将士遗骸回家"的志愿者活动。去后发现，参加此活动是要出境的，我不太方便；同时还发现，来报道此活动的媒体已非常多了，于是退出，索性继续采访吴缘。

吴缘也参加了此次活动，我到腾冲时，他已和志愿者一起出境到缅甸去了。我从网上得知，这些可敬的志愿者，出境前在腾冲的国殇墓园祭拜了远征军的阵亡将士，并庄重许愿，要把牺牲在异国他乡的远征军将士的遗骸接回家。

回首看，远征军是第二次世界大战中，中国与盟国直接进行军事合作的典范，也是甲午战争以来中国军队首次出国作战，立下了赫赫战功。从中国军队入缅算起，中缅印大战历时3年零3个月，中国投入兵力总计40万人，伤亡接近20万人。在我们纪念抗日战争的伟大胜利时，愈发感到这段历史弥足珍贵，愈发感到中国远征军的壮举值得后人敬仰和追忆。

无论如何，我们都应该永远缅怀这支英雄的部队。

无论如何，我们都不能让为国捐躯的英烈长眠异国他乡。

我没资格为志愿者点赞，我只能向他们鞠躬。

吴缘也在祭祀的人群中，他的大个子很显眼。与其他志愿者不同的是，他此行有一个非常具体的目标，就是去缅甸北部克钦邦的首府密支那把他的四伯吴其璋的遗骨带回家。

其实我和吴缘的交集，早在2011年就产生了。

2011年3月，当时作为人大代表的我，在两会上提交了一个建议案《关于搜寻远征军抗战烈士遗骸、迎接八万亡灵回国的建议》。提出"成立专门机构，尽快地全力地搜寻烈士遗骸，将八万亡灵迎回祖国安葬"这个建议案，是在孙春龙的帮助下完成的，他当时已经辞职，全力以赴地投入到了帮助老兵的公益活动中，其中就包括寻找远征军遗骸一事。

孙春龙告诉我，在缅甸仰光、曼德勒、密支那等大城市，到处都是日本人修建的慰灵碑、纪念碑，每年都会有大批的日本人前往缅甸进行祭祀；在缅甸仰光的英军墓地，亦有英国官方派出的专门机构，进行墓地的管理和维护；中国台湾方面，马英九亦前往孙立人将军的墓前进行祭拜，孙立人曾是中国远征军的高级将领，这一信息显示，台湾方面对这段历史已开始关注。我们也知道，美国至今没有放弃寻找二战中牺牲的战士的遗骸，包括和中国军方签订相关协议。

我在建议案中将这些情况如实写入，并指出，优抚卫国军人是国家的责任，寻找并安葬烈士遗骸，是一个国家对为国捐躯者的最大尊重。过去，由于历史的原因和局限，致使那些为国家和人民的利益英勇献身的抗日老兵不能魂归故里，不能得到应有的尊重和纪念。今天，我们作为一个在世界上日益强大、国际形象日益提升的国家，很有必要尽快弥补过去的欠缺和遗憾，将这一工作进行完善。

建议案提出后，得到了非常多代表的支持，后经媒体报道更获得了社会的广泛认同。提交到两会后，民政部及时给我做了回复，表示国家即将启动相关工作。

吴缘告诉我，当他从媒体上听到这个消息时，非常激动。他看到了更多的希望，更多的可能性。果然，2011年年底，国家正式启动了境外烈士墓地和遗骸的保护工作。一些具体的工作相继展开，比如对境外烈士墓地进行普查，对一些境外墓地进行修缮或迁回。

吴缘的寻找终于得到了有力的支持。

自父亲将寻找四伯墓地的重任委托给他后，他一直感到肩上的责任很重。这个责任不仅来自父亲，来自家族，也来自整个中华民族。中华民族永远不应该忘记，也永远不会忘记那些为国出征的将士，不会让我们的英雄长眠在异国他乡。

吴缘一次次地踏上寻找之路，仅仅是去往中缅边境腾冲，就多达22次。

我满怀期待地在腾冲等待着，希望吴缘的愿望能达成，我能亲眼看到吴其璋烈士魂归故里。

我感觉自己在等一个悬念，而这个悬念是那么伟大，那么牵动人心。

但是和我一起去腾冲等吴缘的"我们爱老兵"网负责人，我的本家裴黎阳却不乐观。他对我说，估计这次还是很困难，还不能接回来。

我知道裴黎阳不仅是关爱老兵的志愿者，还是一位二战史爱好者，他非常熟悉滇西抗战这一段，也熟悉远征军，他比我更有发言权。

我问："为什么？不是已经找到墓地所在地了吗？"

裴黎阳说："墓已经不在了，20世纪60年代就被平了，中缅关系一直比较复杂。现在墓地所在地是一所小学，不是那么好挖掘的。"

我感到遗憾。但还是抱了一线希望。说不定呢？

我们继续在腾冲等待，在那个抗战中第一个收复的英雄边城。

艰难的寻找。

顽强的寻找。

## 九、未竟的事业

3天后吴缘从缅甸回来了，回到了腾冲。

果然是两手空空。

不过吴缘并没有我想象中的沮丧，而是充满信心。他告诉我，此行收获不小，寻找墓地的事又往前进了一大步。最重要的是，他终于见到了艾元昌老人，就是那位亲眼见过吴其璋墓地，并为其扫过墓的老华侨。

到达密支那的当天晚上，吴缘就迫不及待地想见艾元昌。在当地华侨的帮助下，他找到了艾老的家，终于见到了85岁的艾元昌。那一刻，两位远征军的后人跨过几十年的岁月相拥在一起，泪流满面。

艾元昌告诉吴缘，由于他哥哥也是中国远征军战士，他每年都会去墓地扫墓，他哥哥的墓地与吴其璋烈士的墓地很近。1962年，他去往哥哥的墓地时，亲眼看到吴其璋的墓地被拆毁。当他看到一群人开着推土机将墓地推平时，忍不住大放悲声。

"我们中华儿女为国捐躯，到最后却连一个葬身之地都没有，我好伤心哪。"如今，已经85岁的艾元昌向吴缘诉说这段往事时，依然泪流不止，心里发痛。

当艾元昌老人得知吴缘要将伯父的遗骸迁回祖国安葬时，非常支持，表示一定会尽力帮助。第二天，他就领着吴缘来到了当年安葬吴其璋的地方。

　　吴缘告诉我，如果没有艾元昌的指认，他根本无法想象这就是照片上那个墓地的所在地，因为已经一点儿痕迹也没有了，如今这里是一所小学。同样，当年远征军的另一片墓地，也已成为一所中学的校园。吴缘拿出手机，给我们看了他此行拍的照片。我也看到了吴其璋烈士的墓地今天的样子。的确是一所小学的操场。还算幸运，墓地所在的位置没有修建教室。

　　在吴缘和志愿者与校方进行诚恳的协商后，学校已经同意他们挖掘遗骸了，但希望推后到8月份。

　　终于，带回四伯的遗骨，有了具体的日期。

　　吴缘按捺下急迫的心情，对着深埋在黄土下的伯父遗骸，深深鞠躬，然后，又按照中国的传统方式，做了虔诚的祭奠，他双手合十，默默地向伯父承诺道："四伯，70年了，我终于找到您了。您放心，我一定要把您带回去，和爷爷奶奶团聚！"

　　吴其璋的英灵若地下有知，一定会感到欣慰。

　　在腾冲，吴缘带着我和裘黎阳去滇西抗战纪念馆，在国殇墓园旁的中国远征军名录墙上，在103 141个英名中，吴缘找到吴其璋的名字，指给我们看。我知道他不止一次地在这面墙上找四伯的名字，但每一次，还是要花个一两分钟时间，毕竟有10多万个名字。

　　看着烈日下吴缘黝黑的面庞和满头华发，我无比感慨。从墙上10多万个名字里找出四伯的名字都不易，更何况从当年的战场上找到四伯的遗骸。转眼5年过去了，路途漫漫。

　　好在，目标正一步步接近。

　　我跟吴缘说："8月份你来的时候，我再来，你一定要带回四伯的遗骨，我一定要亲眼看到你带回。"

　　吴缘说："一言为定。"

**2015年6月于成都**